NEBİ YILDIZ

Hayallerin Allah'a Emanet

OLİMPOS®

HAYALLERİN ALLAH'A EMANET
Nebi Yıldız

Redaksiyon: Selcan Karabulut
Son Okuma: Elif Tesbihçi
Kapak Tasarımı: Betül Akyar

11. Baskı: Ağustos 2021
ISBN: 978-605-2063-85-9

OLİMPOS YAYINLARI
Maltepe Mah. Davutpaşa Cad. Yılanlı Ayazma Yolu No:8 K:1 D:2
Davutpaşa / İstanbul
Tel: (0212) 544 32 02 (pbx) Sertifika No: 42056
www.olimposyayinlari.com - info@olimposyayinlari.com

Genel Dağıtım: YELPAZE DAĞITIM YAYIN SANAT PAZARLAMA
Maltepe Mah. Davutpaşa Cad. Yılanlı Ayazma Yolu No:8 K:1 D:2
Davutpaşa / İstanbul
Tel: (0212) 544 46 46 Fax: (0212) 544 87 86
info@yelpaze.com.tr

Baskı: Ezgi Matbaacılık San. Tic. Ltd. Şti.
Sanayi Cad. Altay Sok. No: 10 Çobançeşme/ Yenibosna/ İstanbul
Tel: 0212 452 23 02 Sertifika No: 45029

NEBİ YILDIZ

Hayallerin Allah'a Emanet

OLİMPOS®

İÇ SESİN

Merhaba,

Ben senin iç sesinim... Hadi gel, seninle biraz dertleşelim. Ama beni çok iyi dinle olur mu? Çünkü şimdi sana anlatacaklarım belki de hayatın boyunca bir daha hiç kimseden duyamayacaklarındır.

Seni fena hâlde üzdüklerini biliyorum. Sevdiğin, değer verdiğin ve mutlu ettiğin insanların, bunların hiçbirine layık olmadığını aslında sadece çıkarları ve dünyalık menfaatleri yüzünden yanında olduklarını ve bunları aşka, sevgiye, iyiliğe olan bağlılığını kullanarak yaptıklarını biliyorum.

Her maskenin altındaki gerçek yüzü, çok acı gerçeklerle öğrendiğini ve gerçek zannettiğin her şeyin bir bıçak gibi yüreğini delip geçtiğini biliyorum. İçinden sessiz sedasız ama arşıâlâ'ya ulaşan bir yakarışla "Ben bunları hak etmedim!" diye feryat ettiğini biliyorum.

Etrafındaki insanların acılarını ve yıkılmalarını görmezden gelip "Böyle bir insanı nasıl sevdin?" diye sorduklarını ama o insanın neden bu kadar karaktersiz olduğunu umursamadıklarını biliyorum. Anlatılacak o kadar çok şey varken sessiz kaldığını çünkü seni ve yaşadıklarını hiç kimsenin anlamadığını biliyorum.

Ama sen de şunu bil; hayatın acımasız kuralları varsa, hayatı Yaradan'ın da sonsuza dek açık kalacak kapıları vardır. Senden sebeplenmek için çaba gösteren insanlar varsa, seni mutlu etmek için mücadele edecek insanlar da var. Seni hak etmediğin ağır yükle imtihan eden, sana hak ettiklerinden çok daha fazlasını da verecektir. Seni kötü insanlarla karşılaştıran, iyi ve temiz insanlarla da mutlu sona ulaştıracaktır.

Unutma, hiçbir kutsal kitapta ya da hiçbir yaşanmışlıkta, iyilik ve güzellikleri boşa gitmiş bir insandan bahsedilmez. Ya da kötülük yapıp insanları üzmüş, yaralamış, kullanmış insanların mutlu ve rahat bir hayat yaşadıklarından söz edilmez. İyiye iyi, kötüye kötü! Hepsi mutlaka bir gün yaptıklarının karşılıklarını almışlardır.

Sakın üzülme!

Seni duyan, işiten, hiç terk etmeyen ve gerçek adalet sahibi Rabb'in var. Hiç merak etme! Bir gün hepsi ile hesaba oturacaksın ve mutlaka hayal kırıklıklarının ve gözyaşlarının karşılığını alacaksın.

Sabret...

YENİDEN BAŞLA

Yaşadıkların ne kadar kötü olursa olsun, sana kim ne kadar acımasız davranırsa davransın; bu dünyada iyi insanların, mutlulukların ve güzelliklerin de olduğunu unutma.

Sakın umutsuz olma. Allah kalp kıranları yarattı da tamir edecek insanları yaratmadı sanma. Sen O'na sığın. Yaşadığın tüm kötülükleri bir araya toplayıp, sana çok güzel bir hediye sunabilecek güç yalnızca O'nda. Belki de bu kötüye dair son sınavın ve sen, son sınavına gelmişken sakın sınıfta kalma.

Hak etmediğin şeyler mi yaşadın?

Öyleyse, sıra hak ettiklerini yaşamakta...

Yeterince mutsuz mu oldun?

Hazır ol, öyleyse sıra mutlu olmakta.

Sen yeter ki kendini mutluluğa hazırla, tevekkül et, sabret ve yeniden başla...

"Karamsar olma, kaybetmekten korkma. Yüz kez yıkılsan da, yüz birincide yeniden başla. İnancını ve umudunu koru. Bir gün muhakkak üstün geleceğini unutma!"

SANA SEN LAZIMSIN

Kimseyi küçümseme. Kimseyi gözünde haddinden fazla büyütme. Ve iyi kalmaktan asla vazgeçme. Sana iyilik yapana sen de iyilik yap. Sana kim kötülük yaparsa yapsın, sen hiç kimseye kötülük yapma. Ama sana yapılan kötülükleri de asla unutma.

Seni küçümsemek isteyenlere fırsat verme. Kendi dertlerinle kendi başına savaşmayı dene. Birilerinin yardımlarıyla bugünlere gelmedin. Bugünden sonra da ölmezsin merak etme.

Basit şeyleri gözünde büyütüp, olur olmaz her şeye üzülüp, boş yere karamsarlıklara gömülüp kendini daha fazla tüketme.

Bil ki kimsenin makasına ihtiyacın yok, kendi göbeğini kendin kesebilirsin. Bil ki kimsenin yıldızına ihtiyacın yok, kendi rütbeni kendin belirleyebilirsin. Unutma; ne yaşarsan yaşa, kendi ayakların üzerinde duracaksın. Sen ki ne problemlerle savaştın, elbet bunları da atlatacaksın.

"Derdini sev. Çünkü Allah'tan ikramdır.
Sakın 'Of.' bile deme. Bil ki imtihandır..."

ÜZÜLMEYE DEĞER Mİ?

Gittiyse gitti! Neden kendini üzüyorsun? Gözyaşlarını hak eden insanlar için dökmek varken, neden hak etmeyenler için harcıyorsun?

Söylesene, baş tacı yaptığın insan gerçekten de oraya layık mıydı? Giderken gözyaşlarını umursadı mı? Sen onu incitmemek için konuşmaya dahi çekinirken, o sana ne olacağını hiç düşündü mü? Kaç gece uykusuz kaldın, defalarca kendini yıprattın, ne değişti? Üstelik bütün sevgisini toplasan, senin bir damla gözyaşın eder mi? Şimdi söyle bakalım, gerçekten de onun için üzülmeye değer mi?

Kendini kandırma. Biraz gerçekçi ol! Özleseydi gelirdi, merak etseydi arardı, sevseydi sahip çıkardı. Artık kabullen; o gitti, gelmeyecek...

İçinde tuttuğun o boş hayallerden kurtulup kendin için gerçekçi bir gelecek planlama vaktin gelmedi mi? Yeni bir başlangıç için daha ne bekliyorsun ki?

Unutma, mutlu olmak senin elinde. Yeter ki doğru insanla, doğru zamanda, ilk günkü aşkla, yeniden başla...

"Seni gerçekten seven insan üzülmene seyirci kalamaz.

Sen sen ol, üzüntülerini önemsemeyen insanlar için kendini üzmeye devam etme."

YARIM MI KALDIN?

Sevdin! Gecesiyle, gündüzüyle, her şeyiyle sevdin. Onu kendinden bir parçaymış gibi sahiplendin. Sevgine, yüreğine, duygularına, senin olan her şeye ortak ettin...

O ise hiçbir şeydi! Hiçbir şeyiyle geldi, hiçbir şey yapmadı, sana hiçbir şey katmadı. Sadece senin sevginden ve duygularından sebeplendi. Zaten sevmemişti, gitmek için gelmişti. Ve menfaati bitince hiçbir şey olmamış gibi gitti. Giderken senin olan birçok şeyi de yanına aldı. Seni yarım yamalak bıraktı...

Ancak, her ne kadar sana zarar vermiş ve her ne kadar seni eksik bırakmış olsa da sen yine de karamsar olma. Kaderine küsüp geleceğinden kaçma. Başkalarına kızıp, kendini suçlayıp, kendinde daha derin yaralar açma! Ne kadar kötülük görmüş olursan ol, iyilikten asla şaşma. Unutma ki dünya iyi insanlar sayesinde hâlâ ayakta...

Ölüme mi terk edildin? Üzülme! Elbet bir gün yeniden doğacaksın. Yarım mı kaldın? Üzülme! Elbet bir gün başka bir yarımla tamamlanacaksın. Yeter ki sabret! Bir gün sen de çok mutlu olacaksın...

"Eğer aşk bir bütünse, bu ancak iki yarımın bir araya gelmesiyle olacaktır. Ne kadar yarım kalmış olursan ol, bir gün seni başka bir yarım mutlaka tamamlayacaktır. Sabret..."

YAŞAMALISIN!

Pes etme...

Sana bunları yapanları Allah'ın nasıl cezalandırdığına şahit olmak için yaşamalısın.

Seni çaresiz görmek isteyenlere aslında öyle olmadığını kanıtlamak için yaşamalısın.

Allah'ın "Haksızlığa uğrayanların hakkı bendedir." sözüne inandığını ispat etmek için yaşamalısın.

Mutluluğa inanmıyor olsan dahi, seni mutsuz edenlerin mutsuzluğa bulandığı günleri görmek için yaşamalısın.

Kapına gelip "Affet!" dediklerinde, yüzlerinin nasıl şekilden şekle girdiğini görmek için yaşamalısın.

Seni üzenlerin, aciz görenlerin karşında nasıl aciz duruma düştüklerini görmek için yaşamalısın.

Bu yazdıklarımın ne kadar gerçekçi olduğunu ve zamanla nasıl da bir bir gerçekleştiklerini görmek için yaşamalısın.

Şimdi sana boş vaatlerde bulunduğumu ve seni bir şeylerden vazgeçirmeye çalıştığımı düşünebilirsin. Ancak, bugüne kadar herkese inanmışsın, bir kez de bana inan. Ne kaybedersin ki?

SENİ SEVMEYEN BİRİSİ İÇİN SENİ SEVEN İNSANLARI KAYBETME

Acı çekiyorsun.

Aşka olan bağlılığının bir yalancı tarafından kullanılmış olmasını kabullenemiyorsun. Yanlış bir insanı sevdiğin için ve ona çok güvendiğin için kendini affedemiyorsun. İnsanlar sana fazla gelmeye başladı. Gittikçe herkesten ve her şeyden uzaklaşıyorsun. Çünkü hiç kimsenin seni anlamayacağını düşünüyorsun. Kendini yalnız ve çaresiz hissediyorsun. Ama yanılıyorsun...

Etrafına bir bak; aslında yalnız değilsin. Seni seven, üzülmeni istemeyen ve seni mutlu etmek için çaba gösteren insanlar göreceksin. Evet, acı çekiyor olabilirsin. Ancak bütün sevdiklerin bu acıyı hak etmediğinin farkındalar da bir tek sen farkında değilsin. Kendini daha iyi hissetmen için çırpınan ve her koşulda yanında olan bu insanlara daha ne kadar yüz çevireceksin? Unutma, sen birçok insan için değerlisin. Ve bir an önce kendine gelmelisin.

Haydi kalk! Toparlan ve karar ver;

Seni sevmeyen birisi için seni seven onca insanı mı kaybedeceksin?

"Aşk için sevdiğin dostlarını kaybetme. Çünkü ayrılık o kadar ağırdır ki sana omuz verecek bir dost bulamazsan, taşıman imkânsızdır."

O OLMADAN DA YAPABİLİRSİN

Bak kardeşim; boş yere üzülüp boşu boşuna karamsar olma.

Seni bırakıp giden mutlu olabiliyorsa sen de o olmadan mutlu olabilirsin. O yarı yolda bırakıp gidebiliyorsa o olmadan da her şeyi yoluna koyabilirsin, o seni hayatından uzaklaştırıyorsa o olmadan da hayatına devam edebilirsin. Kimsenin desteğine ihtiyacın yok ki kendi başına da ayakta durabilirsin.

Kendini küçümseme!

O, kurduğunuz hayalleri yıkabiliyorsa kendi başına da hayal kurabilirsin. O, ellerini bırakıyorsa kendi elini kendin tutabilirsin. O seni önemsemiyorsa önemseyecek birilerini bulabilirsin. Senden vazgeçenler için hayatından vazgeçmene gerek yok ki onlar olmadan da gayet güzel yaşayabilirsin.

Yeter ki kendini daha fazla üzme, küçümseme ve bunlara inanmaktan vazgeçme. Çünkü tüm bunları o hayatında olmadan da yapabilirsin.

"Unutma, seni kullanmak isteyenler, ilk önce özgüvenini yok etmek isteyecekler. Sen sen ol, kimsenin özgüvenini yok etmesine izin verme!"

AĞLATANLAR AĞLAYACAK

Kendini başkasının günahına layık görmüyorsan ona ortak olmaya da çalışma. Kalbini göremediğin bir insanı, asla suretiyle yargılama. Bilmediğin ya da görmediğin şeyleri, duyduklarınla yorumlama. Ve sen sen ol, asla büyük konuşma. Çünkü hayat seni eleştirdiklerinle sınar. Gün gelir yargıladıklarına mahkûm olursun...

Bir insana nasıl davranırsan, onda nasıl bir iz bırakırsan, hayat da sana öyle davranacak ve o izleri takip ettirecek insanlar gönderecektir. Eğer seni seven, sana değer veren ve senden umut besleyen insanları kullanıp, üzüp, kırıp, gelecekten soğutup beddualarını alırsan; gün gelir aynılarını başka bir insan sana yapmaya başlar. Çünkü adalet dediğin şey haktır! İnsan, hesaba oturmadan, yaşattıklarını yaşamadan, tükürdüklerini yalamadan ölmeyecektir.

Unutma, hayat getirdikleri ve götürdükleriyle meşhurdur. Herkes bir gün adaletin kefesine oturacaktır. Seni en çok sevenin intikamını, senin en çok sevdiğin senden alacaktır.

"Yaşaman gereken şeylerden kaçarsan, yaşamak istemediğin şeylere mahkûm olursun."

NEDEN Mİ KAYBEDİYORUZ?

Kaybediyoruz çünkü iyi niyetliyiz ve herkesi de öyle zannediyoruz. Biri yüzümüze güldüğünde hemen ona inanıyoruz.

Kaybediyoruz çünkü sevdiğimiz kadar sevileceğimizi düşünüyoruz ve karşımızdaki insanların sevgilerini hiç sorgulamıyoruz. Ne deseler hemen inanıyoruz...

Kaybediyoruz çünkü yarım satırlık insanlar için yarım asırlık hayaller kuruyoruz. Hayallerimiz yıkıldığında da altında kalıp eziliyoruz. Kaybediyoruz çünkü aklımızı dinlememiz gereken yerlerde kalbimizi dinliyoruz. Gitmemizi gerektiren onlarca sebep varken, yine kalmayı tercih ediyoruz.

Kaybediyoruz çünkü hiç kimseye yok diyemiyoruz. Herkesin yardımına koşuyoruz ama kendi dert ve problemlerimiz varken kimseden yardım isteyemiyoruz.

Kaybediyoruz çünkü mutlu etmeyi mutlu olmaktan daha çok seviyoruz. Sevdiğimiz insanları mutlu etmeye çalışmaktan, kendi mutluluğumuzu hiç düşünemiyoruz.

Kaybediyoruz çünkü sevgimizin ayarı yok. Sevdiğimiz insanlara o kadar çok değer veriyoruz ki kendilerini vazgeçilmez zannedip bize ona göre davranmaya başlıyorlar.

"Kaybediyoruz çünkü iyi olmaktan vazgeçemiyoruz."

SAKIN YORULMA

Hayat bir yardımcıdır. Bildiği her şeyi seninle paylaşır. Senin doğruları ve yanlışları görebilmen için mutluluğu ve acıyı tadabilmen için çabalar ve uğraşır. Bazen yük olup sırtına biner, bazen de senin yükünü taşır. Bazen sana gerçekleri öğreten bir öğretmen, bazen de sırrını saklayan bir arkadaştır. Ancak o kadar katı kuralları vardır ki hata yaptığın an asla gözyaşına bakmaz. Bir kez dahi geç kaldığında, seni sonsuza dek yok sayacak kadar da acımasızdır. Eğer hayata geç kalmak istemiyorsan yaşadıklarının seni geride bırakmasına izin verme. Yükün ne kadar ağır olursa olsun, hüznün ne kadar derin olursa olsun, acın ne kadar keskin olursa olsun ilerlemekten ve mücadele etmekten asla vazgeçme. Sakın durma, sakın yıkılma ve sakın yorulma. Çünkü hayat o kadar hızlı ilerliyor ki; bir kez geç kaldın mı mutluluğa bir daha hiç yetişemiyorsun.

"Ağırlıklarından kurtulup gereksiz insanları hayatından çıkardığında, seni mutsuz edebilecek hiçbir sebebin kalmadığını fark edeceksin."

HATA YAPMAKTAN ÇEKİNME!

Her şey istediğin gibi olmayacak. Bazen kaybedecek, bazen elde edemeyecek, bazen de başaramayacaksın. Kimi zaman her şey üst üste gelecek, hatalar yapacak, ağlayacak hatta çaresiz kalacaksın. Nihayetinde insansın. Başına her şey gelebilir. Zor yollardan geçebilir, zor sınavlara tabi tutulabilir, arada kalabilir ve yanlış tercihler yapabilirsin. Hayat bu, düzeltmekte zorluk çekebileceğin bir sürü talihsizlikler yaşayabilirsin.

Ancak bunlardan hangisini yaşarsan yaşa, hiçbirinin seni mücadelenden ve doğruya olan inancından vazgeçirmesine izin verme. Her ne olursa olsun hata yapmaktan, başarısızlığa uğramaktan, insanlar tarafından yadırganmaktan ve bunların sende oluşturacağı olumsuzluklardan çekinme. Yapmış olduğun hata ve yanlışların seni yıldırmasına izin verme. Başaramasan dahi hatalarını düzeltebilmek için mücadele etmekten vazgeçme. Eğer kalbin temizse, zaten Allah bir gün seni doğru yola çıkarır hiç merak etme.

"Hata yapmaktan çekinme. Çünkü hata yapıp, bu hatalarından ders çıkaran insanlar, hiç hata yapmamış insanlardan daha tecrübeli ve daha başarılıdırlar."

EĞME BAŞINI SUÇLU DEĞİLSİN!

Eğme başını suçlu değilsin. Sen ne birini öldürdün, ne birini kandırdın ne de birinin hayatını mahvettin. Sadece kalbine söz geçiremeyerek mutlu olmak istedin. Seni hak etmeyen birini sevdin. Aslında herkesin yapabileceği bir şey yaptın, inanmayı ve güvenmeyi seçtin. Hatta kötü niyetli biri olduğunu da bilmiyordun. Onu da kendin gibi zannettin...

Kendi kendini suçlayıp, daha da çok canını yakmak yerine, kendine şu soruları sorarak gerçeklerin daha kolay farkına varabilirsin:

Bilsen yine de yanına gider miydin?

Bilsen yine de bu aşka girer miydin?

Bilsen yine de bu kadar sever miydin?

Bilsen sevmezdin değil mi? Bu aşka girmezdin, yanına gitmezdin. Öyleyse boş yere ağlama, boş yere kendini suçlama, boş yere hayattan soğuma. Seni umursamayanlar için canını yakmaya devam etmene gerek yok. Ya da başkalarına kızıp kendini cezalandırmana gerek yok. Eğer bir suçlu varsa bu kesinlikle sen değilsin. Sen sadece sevdin ve güvendin. Bil ki kandırılmak veya sevdiğin bir insan tarafından kullanılmak suç değil. Ve sen de zerre kadar suçlu değilsin.

NE OLURSA OLSUN

Ne olursa olsun şu üç şeyden vazgeçme;
Sana kötülük yapsalar dahi iyi olmaktan,
Her şeyini kaybetsen dahi Allah'a inanmaktan,
Biten şeylerin ardından yeniden başlamaktan...

Ne olursa olsun şu üç şeyi aklından çıkarma;
Bugünler bir gün mutlaka geçecek,
Allah hakkında hayırlı olanı mutlaka verecek,
Sana bunları yapanlarla bu hesap mutlaka görülecek...

Ne olursa olsun şu üç yanlışı yapma;
Sevdiğin kadar sevileceğini düşünme,
Aynı insanlardan farklı davranışlar bekleme,
Karşındaki insanlara kolay kolay güvenme...

Ne olursa olsun şu üç şeyi bırakma;
Zor günlerinde sürekli yanında olanları,
Seni sevdiğine emin olduğun insanları,
Gece yatmadan önce ettiğin duaları...

"Unutma, yanlışlar seni en kolay yoldan ilerletir. Ama bir gün mutlaka aldatır, yarı yolda kalırsın. Doğrular ise en zor yoldan ilerletir. Ama bir gün mutlaka gideceğin yere varırsın. Doğruluktan şaşma."

ÜMİTSİZ OLMA!

Üzülmüş, yıpranmış ya da hayal kırıklığına uğramış olabilirsin.

Biri sana umut verip sevgini ve ona verdiğin değeri kullanmış olabilir. Aldatılmış, kandırılmış hatta yarı yolda bırakılmış da olabilirsin...

Olsun üzülme! Herkes onun gibi çıkarcı ya da yarı yol yolcusu değil. Seni ömrüne ekleyecek ve ömrünce bekleyecek insanlar da var. Belki de sen birinin Allah'a yalvarışısın. "Allah'ım hakkımda hayırlısını ver!" dediğinde karşılaşacağısın. Belki de bu akşam çok iyi kalpli ve temiz bir insanla kadere yeniden yazılacaksın. Ve emin ol ki bir gün sen de bu mutluluğu yaşayacaksın. Ümitsiz olma;

Vakti gelince çıkacaktır karşına, seni sen olduğun için seven.

Ve bil ki birisinde avuç dolusu duaların var, yüzüne sürülmeyi bekleyen...

"Sabret! Çünkü Allah'ın iyi kulları için mutlaka güzel planları vardır."

İNANMAK YENİ BİR BAŞLANGIÇTIR

Zor günler geçiriyor olabilirsin. Değer verdiğin insanlar tarafından hayatın altüst edilmiş olabilir. Aşktan, işten, evden, her yerden üstüne geliyor olabilirler. Hatta yaşadıkların bir insanın taşıyamayacağı ağırlıkta da olabilir.

Ancak hayatındaki tüm olumsuzluklara rağmen yine de pes etmeden, vazgeçmeden, mücadele etmeye devam etmelisin. Kötü düşüncelere yenilip kendini daha fazla üzmemelisin. Boş yere umutsuzluğa kapılmamalısın. Geçmişinin kötü olması, geleceğinin iyi olmayacağı anlamına gelmez. Her ne kadar hayat önce sana kötü yüzünü göstermiş olsa da, bir gün muhakkak iyi yüzüyle de tanışacaksın. Bu talih dönecek, sen bile şaşıracaksın. Gör bak, yakında sen de çok mutlu olacaksın.

Şunu aklından çıkarma; eğer güzel şeyler yaşamak istiyorsan bir an önce içinde bulunduğun karamsarlıklardan çıkıp her şeyin çok daha güzel olacağına kendini inandırmalısın. Çünkü inanmak yeni bir başlangıç demektir. Ve yeni bir başlangıç her şeyi kökten değiştirebilir.

"İnanmaktan vazgeçmeyin!

Çünkü inanmak başlamanın, başlamak ise başarmanın yarısıdır."

SUÇLU KİM?

Sen onu yere göğe sığdıramazken, o seni saf yerine koydu değil mi? Sen gerçek bir aşk yaşadığını zannederken, o seni sürekli kandırdı değil mi? Sevgin o kadar büyüktü ki; ne istediyse yaptın, ne söylediyse inandın, hiçbir şeyi sorgulamadın, kandırıldığının farkına varamadın değil mi?

O kadar çok değer verdin ki onu kaybetme korkun kendini kaybetmene sebep oldu. Çok üzüldün, çok acı çektin, darmadağın oldun değil mi? "Bana bunları nasıl yapabildi?" dediğini duyabiliyorum.

Affedilmeyecek birçok hatasını affettin. Yaptığı birçok yanlışı görmezden geldin. Haklı olduğun anlarda dahi hep özür diledin. Haddinden fazla verdiğin tavizler de cabası...

Ve öyle bir hâle geldin ki artık herkesin seni kandıracağını, kullanacağını zannediyorsun. Bir daha hiç kimsenin iyi niyetine ve samimiyetine güvenemez oldun. Hatta kendinden bile şüphe duyuyorsun...

Peki, şimdi tüm bunlara karşı sana soruyorum:

"Sence suçlu kim?"

KADINLARIN KALBİNİ KAZANMANIN ALTI YOLU

Bir kadının kalbini kazanmak istiyorsanız, şu altı şeye sahip olmak zorundasınız;

Güvenini Kazanmak

Bir kadının güvenmediği adam ne kadar yakışıklı ya da ne kadar zengin olursa olsun, o kadın o adama âşık olmaz. Bir kadına verebileceğiniz en değerli şey güvendir. Eğer bir kadının güvenini kazanabildiyseniz, yolun yarısını geçmişsiniz demektir.

Nefsine Hâkim Olmak

Kadınlar sadece et parçasından ibaret değildir! Yürekleri, duyguları ve korkuları vardır. Bir adam bir kadına nefsinin gözüyle bakarsa, o kadının kendini değersiz hissetmesine neden olur. Ve bir kadın, kendini değersiz hissetmesine neden olan erkeklerden asla hoşlanmaz. Bir kadına ait olmak isteyen, nefsine hâkim olmak zorundadır.

Vicdan ve Merhamet

Bir kadın, hayatında onu üzmeyecek kadar merhametli, hata yapsa dahi yaptığı hatadan pişmanlık duyabilecek kadar vicdanlı ve özür dilemeyi bilecek kadar erdemli bir adam olsun ister.

Unutma, eğer bir kadının kalp kapısı varsa, o kapının anahtarları vicdan ve merhamettir. Eğer bir adam vicdan ve merhamete sahip değilse o kapıdan içeri asla giremez.

Sahiplenilmek

Kadınlar ne kadar sevildiklerini, ne kadar sahiplenebildikleriyle ölçerler. Bir kadın ne kadar güçlü olursa olsun yine de ürkek yanları vardır. Ve bu ürkek yanlarının sevdiği adam tarafından sahiplenilmesini ve gizlenilmesini isterler. Eğer bir adam bir kadını, her durumda, herkese ve her şeye karşı sahiplenebiliyorsa, o kadın bir ömür o adamındır.

Sadakat

Bir kadının evi sevdiği adamın kalbidir. Kendini oraya ait hissetmek ister. Ve bir kadın gözü gibi baktığı evinin başkaları tarafından kirletilmesine asla tahammül edemez. Bu yüzden sadakat, bir kadının olmazsa olmazıdır.

Dürüstlük

Bir kadının en nefret ettiği şey ona yalan söylenmesidir. Yalanını ortaya çıkardığı adam tarafından sürekli kandırılmış olduğu hissine kapılacaktır. Kendini kandırılmış hisseden kadın önemsenmediğini düşünmeye başlayacaktır. Ve bir kadın, kendini önemsemediğini düşünen bir adama asla kalbini teslim etmez.

Unutmayın; bu altı şeye sahip olan bir adam, dünyadaki tüm kadınların hayranlık duyabileceği bir adamdır.

SANA YOK OLANLARA VAR OLMA!

Aşk, sevdiğini kaybetmeyi göze alamamaktır.

Bir insan sevdiğini öyle kolay kolay kaybedemez. Hiçbir şey olmamış gibi arkasını dönüp gidemez. Aşk, insanın canıdır. Ve insan canından öyle kolay kolay vazgeçemez. Eğer bir insan seni kaybetmeyi göze alabiliyorsa, basit şeyler için dahi senden vazgeçebiliyorsa, seni ikide bir gitmekle tehdit ediyorsa zaten o senden çoktan gitmiş demektir. Biliyorum kolay değil! Sen ne kadar çok seversen, o bir kez gitti mi kalbinden bir daha geri gelmeyecektir. Ne kadar çabalarsan çabala, çabaların seni daha da çok üzmekten öteye geçmeyecektir. Ve ne yaparsan yap artık orada kalmak seni mutlu etmeye yetmeyecektir. Sen sen ol, hiç kimsenin seni gitmekle tehdit etmesine izin verme. Gitmek istiyorsa bir insan, aşkından ölsen de yoluna çıkma. Sensizliği göze almışsa eğer, bir daha ardına bakma. O seni kaybediyorsa, sen de onu kaybetmekten korkma. Unutma; hiç kimse vazgeçilmez değildir. Her giden mutlaka yerine başka birini getirecektir. Çünkü hayat yok ettiklerini bir gün mutlaka yeni bir suret ile yeniden var edecektir.

Sen yeter ki doğru zamanda vazgeçmeyi ve doğru zamanda sabretmeyi bil.

İÇİN RAHAT OLSUN

Şimdi sen; o her şeyi yaptı ve yaptıkları yanına kâr mı kaldı sanıyorsun? Seni haksız yere üzdü, ağlattı, kandırdı, kullandı ve tüm bunlara rağmen ölene dek mutlu yaşayacağını mı zannediyorsun? Yaşadığın o tüm kötü günlerin boşa gittiğini ve hiçbirinin hesabının sorulmayacağını mı düşünüyorsun? Yanılma!

Aceleci olma. Allah sana yapılanları unuttu sanma. Sabahlara kadar ağladığın geceleri, sevdiğin ve güvendiğin için ödediğin bedelleri, arkandan kurulmuş tüm plan ve emelleri, Allah unuttu sanma... İçin rahat olsun. Allah'ın adaleti hak ve gerçektir. Ancak bazen belli bir zamana kadar ertelenir. İyi kötüye meylediyor mu, kötü iyiye dönüşüyor mu diye denenir ve beklenir. Ve sınav biter, Allah emrini verir. Hayırla şer yer değiştirir. İşte o gün sana yaptığı her kötülük için hayatından bir güzel gün silinir. Akan her damla gözyaşın için sana bir güzellik, ona ise karşılığında bir bela verilir. Sen mutluluğa doyarken, o acılara muhtaç bir hâle getirilir.

Unutma; kimsenin yaptığı yanına kâr sayılmayacak. Seni rahatsız edeni, Allah rahat bırakmayacak. Belki bazen erteleyecek, bazen sabredecek.

Ama hesabını sormadan canlarını almayacak.

KALBİNE SÖYLE BİRAZ TECRÜBE EDİNSİN!

Sen ne zaman akıllanacaksın? İnsanları ne zaman tanımaya başlayacaksın? Hep böyle sonradan mı insanların gerçek amaçlarının farkına varacaksın? Söylesene, keşkeler ile yaşamaktan bıkmadın mı? Üzülmekten yorulmadın mı?

Öğren artık, herkes aynı karakterde değil! İyi olduğu kadar kötü de var. Dürüst olduğu kadar yalancı olan da var. Herkese çabuk inanıyorsun, çabuk güveniyorsun. Ve sonunda da üzülen hep sen oluyorsun. Artık insanları biraz tanımalısın.

Eğer hayatını düzeltmek istiyorsan ve bir daha üzülmek istemiyorsan; öyle olur olmaz her şeye inanma, her gülümseyeni gerçek sanma, her güzel söze hemen kanma. Eğer biraz aklın varsa, gölgenden bile şüphe duymaya başla.

Unutma; her şeye çok çabuk inandığın için, her şeyi gerçek sandığın için, her güzel söze kandığın için şimdi bu hâllerdesin. İnsanların iyi niyetini daha fazla kullanmalarına izin vermemelisin. Dünyanın iyilik meleği sen değilsin! O kalbine söyle, daha fazla üzülmemek için yaşadıklarından ders çıkarıp biraz tecrübe edinsin...

"Sana kötü bir insan olmanı söylemiyorum. Ama dünyada kötü insanların da olduğunun farkına var diyorum."

ALLAH'A HAVALE ET

Biliyorum ki ona çok kızgınsın. Seni kandırmış ve sana yalanlar söylemiş olmasını kabullenemiyorsun. Sana hak etmediğin şeyleri yaşattığı için aynı şekilde karşılık vermek, onu üzmek ve onu yaptıklarına pişman etmek istiyorsun. Onun sana yaptıkları aklına geldikçe daha da fazla hırs yapıyorsun. Canını yakmak, intikam almak istiyorsun.

Evet, haklı olabilirsin. O, yüzüne tükürülecek kadar karaktersiz ve intikamı hak edecek kadar kötü biri olabilir. Ama sen bu günaha girecek kadar kötü bir insan değilsin. Bu yüzden intikam almaya çalışmak yerine, Allah'a havale etmeyi seçmelisin. Böylece hem onun gibi biri yüzünden günaha girmemiş olursun, hem de intikamın emin ellerde olmuş olur.

Unutma ki senin intikam almaya çalışmaktan vazgeçmiş olman, onun affedildiği anlamına gelmiyor, elbette sana yapmış olduğu kötülük ve ihanetlerin bedelini bir gün ödeyecek. Ve sen de kötülere karşı kötülük yapmaktan vazgeçerek, canın yandığı hâlde iyi kalmaya devam ederek göstermiş olduğun sabırların mükâfatlarını mutlaka alacaksın... Unutma en iyi intikam, sana kötülük yapanları sessizce Allah'a havale etmektir...

"Üzülme! Seni üzenler üzülmeden ölmeyecekler. Bir damla gözyaşı bile dökmene sebep olan insanlar, gülümsemek denilen şeyin yüzünü bile görmeyecekler."

KADIN, ADAM, AŞK

Aşk; kadının gülümsemelerinde, erkeğin ise gözyaşlarındadır. Çünkü bir kadın sadece sevdiği adama gülümsemeyi sever. Ve bir adam ise sadece sevdiği kadın için gözyaşı döker. Bir adam ne kadar güçlü olursa olsun sevdiği kadının dizlerine yatmaya muhtaçtır. Ve bir kadın ne kadar korkak olursa olsun sevdiği adam için her şeyi göze alabilecek kadar kararlıdır.

Aşkı güzel, yoğun ve mutlu yaşayan insanlara baktığınızda göreceğiniz şey "sadelik ve gerçeklik" olacaktır. Karşınızdaki insan için vazgeçilmez olmak aslında çok da zor değildir. Öyle ekstra çaba sarf etmenize ya da olmadığınız bir kişiliğe bürünmenize gerek yok. "Kendiniz" olmanız yeterli. Mesela bir kadının sizi çok sevebilmesi için süper kahraman olmanıza gerek yok. "Adam" olmanız yeterli. Veya bir adamın sizi çok sevebilmesi için prenses olmanıza gerek yok. "Hanımefendi" olmanız yeterli.

Kendiniz olmaktan vazgeçmeyin. Unutmayın ki karşınızdaki insana kendi kişiliğiniz ile görünmek yerine, olmadığınız bir kişiliğe bürünerek gelirseniz, o size değil sizin büründüğünüz kimliğinize âşık olacak. Ve siz sevdiğinizi içinizdeki bir yabancı ile paylaşmak zorunda kalacaksınız. Eğer siz de güzel ve mutlu bir birliktelik istiyorsanız bir kadında gülümseyiş, samimiyet ve içtenlik; bir adamda ise ağırbaşlılık olgunluk ve ciddiyet aramalısınız. Ve bir de her iki tarafta olması gereken özellikler; karakter, edep, sadakat ve merhamettir.

Eğer karşınızdaki insan bu özelliklere sahipse yaşayacağınız aşk çok güzel ve gerçekçi olabilir. Ancak bu özelliklere sahip değilse bu aşk size çok ciddi zararlar verebilir. Dikkatli olun ve çok seçici davranın. Mutluluğa giderken yanlışlıkla acıya sapmayın.

Mutlu olmak için kesinlikle acele etmeyin. Önce karşınızdaki insanı iyice tanıyın. Sonra ona güvenip güvenemeyeceğinizi deneyin. Daha sonra sizden gelecekte ne istediğini öğrenin. Eğer karşınızdaki insan bunların hepsinden geçebilmişse, zaten sevmek ve mutlu olmak sizin için kaçınılmaz olacaktır.

Unutmayın; bir insan sevdiği kadar değil sevildiği kadar mutlu olabilir. Bu yüzden kalbinizi teslim edeceğiniz insanı seçerken sadece sevdiğinize emin olarak değil sevildiğinize de emin olarak seçin. Çünkü sadece severek karşınızdakini mutlu edebilirsiniz, kendinizi değil.

"Mutluluğun formülünü arayanlara; aşktan nefsi çıkar, anlayış ile topla, sadakat ile çarp, iki yüreğe böl... Çıkan sonuç mutlaka mutluluğa eşittir."

AYRILIK VAKTİ

Bazen gitmek kalmaktan daha kolaydır. Çünkü bazı ayrılıklar birlikteliklerden daha az can yakar.

Sevdiğin insanın sevmediğin şeyler yapması, sendeki değerinin yavaş yavaş yok olmasıdır. Değer verdiğin insanda değer verdiğin şeylerin bitmesi, tükenmesi, ister istemez sende de, ilişkinize dair bazı şeylerin değişmesine sebep olur. Sevginin büyüklüğü bazı şeyleri örtmeye yetse de zamanla azalmaya başladığında açıkta kalan kısımların seni üzdüğü ve yorduğu daha net belli olmaya başlayacaktır. Sevdiğin insanın hatalarını görmezden gelmesi ve düzeltmek için hiçbir çaba sarf etmemesi, yükün tek taraflı olarak sana binmesi ve zamanla seni mücadele edemez bir hâle getirmesine neden olacaktır. Ne yaparsan yap hiçbir şeyin eskisi gibi olamayacağı gerçeği, senin bu aşka bakış açını ciddi anlamda değiştirecektir. Ve bir gün seni öyle bir noktaya getirir ki gitmek için binlerce sebebin varken kalmak için bir tane bile sebep bulamazsın.

Sana tavsiyem şu ki; eğer elinden geleni yaptığın hâlde hiçbir şey düzelmiyorsa, uğraşların ve mücadelelerin karşılık bulmuyorsa ve artık hiçbir şey istediğin gibi olmuyorsa, gitme vaktin gelmiş demektir.

Unutma, aşk dediğin birbirine karşılıklı güvendir. Seni senin kadar sevebilenle özeldir. Olmuyorsa daha fazla zorlama. Çünkü ayrılık bile vakti gelince güzeldir...

İNSAN SEVDİĞİNİ ALDATMAZ, ALDATAMAZ!

İnsan sevdiğini aldatmaz, aldatamaz. Kalbi böyle bir şey istemez. Hadi diyelim ki meyletti. İstese bile yapamaz.

İnsan sevdiğini bir başkasının yerine koyamaz. Dudakları birine aitken, başka bir dudağa dokunamaz. Aşkla tutmuşsa bir eli, başka bir eli öyle kolay tutamaz. Eğer gerçekten seviyorsa bir insan, nefsini başkasına uyandıramaz.

İnsan sevdiğini aldatmaz, aldatamaz. Sevdiğine böyle adi bir hata yapamaz. Başkasını onun yerine öyle kolay koyamaz. Kalbi aşkla doluyken, istese de şeytana uyamaz.

İnsan sevdiğine kıyamaz. İçine işlemişse sevdiğinin her zerresi, ruhunu kimselere satamaz. Kalbi aşkla yanmayı öğrenmişse eğer, sevdiğini öyle kolay yakamaz. Bir kez ısıtabilmek için nefsini, sevdiğini cehenneme atamaz.

Unutma; insanın en kalitesizi, nefsine en hâkim olamayanıdır. Eğer sevdiğin insan senden başkalarına bakabiliyorsa, dokunabiliyorsa, onunla yaşamaya devam etmek, kendini öldürmek demektir. Sen sen ol, içinde yaşamadığın insan için kendini öldürme.

AŞK, KALBEN VE RUHEN SEVMEKTİR

Aşk, bugün neden yaşanılmaz bir hâlde biliyor musunuz?

Çünkü biz insanlar sevmekle çok ilgilenmiyoruz. Sevilmeyi daha çok seviyoruz. Ya da karşımızdaki insanların kalpleri ile değil, bedenleri ile yaşamak istiyoruz. Sevgi üretilmediği için aşkı tüketmek zorunda kalıyoruz. Ve günden güne aşkı yaşanmaz bir hâle getiriyoruz.

Aslında aşkın tanımı kitaplara sığmayacak kadar geniştir. Onu herhangi bir şey ile sınırlamak ya da herhangi bir şeye odaklamak doğru değildir. Sizi sevdiğini söyleyen bir insan, eğer kalbiniz yerine fiziksel özellikleriniz ile ilgileniyorsa, o insan sizi değil bedeninizi seviyor demektir. Unutmayın ki bedenen sevmek, cinselliktir. Aşk dediğin kalben ve ruhen sevmektir.

Şunu bilmenizi isterim ki aşk dediğin "ten"den, "beden"den çok daha fazlasıdır. Bunu beden ile sınırlamak, ten ile yaşamaya çalışmak, olsa olsa basit ve çıkarcı insanların anlayışıdır. Karşınızdaki insan sizin ona sunduğunuz sevgi ile kendini özel hissetmiyorsa ya da bundan mutluluk duymuyorsa ya sevginizi küçümsüyordur ya da sizden aşk değil başka şeyler istiyordur. Eğer böyle bir insanı sevmeye devam ederseniz, yaşadığınız şey aşk değil kullanılmışlık olacaktır.

Sana bir tavsiye vereyim;
"çok" kelimesini hayatından
uzak tut.
Mesela bir insanı "çok" sevme,
"çok" özleme,
"çok" güvenme,
"çok" taviz verme.
Unutma;
bu kelimeyi kalbinden söküp
atamazsan,
ileride "çok" acı çekersin...

GERÇEKLERİ GÖREBİLMEK!

Bittiğine üzülme. Elbet vardır bunun da bir hikmeti. Belki de Allah çok daha kötü şeylerin olmasını engelledi. Hem geleceğinin daha iyi olmayacağı belli mi?

Neden boş yere üzülüyorsun ki sen değil miydin Allah'tan hayırlısını isteyen. Görmüyor musun uzaklaştırdı işte hayırsızları senden...

Unutma; Allah bazen bazı insanların gerçek yüzlerini sana göstermek için canının yanmasına izin verebilir, her şeyi daha iyi anlayabilmen için acı çektirip, gözyaşı döktürebilir. Hatta sahte ya da çıkarcı insanlardan kurtulabilmen için sana çok zor günler yaşatabilir. Ama bil ki bunların hepsi senin gerçekleri görebilmen içindir.

İsyan etme, şükret! Eğer Allah tarafından seviliyor olmasaydın, hiçbir zaman bu gerçeklerin farkına varamayabilirdin. Kandırılmaya ve kullanılmaya devam ederek çok daha ağır bedeller ödeyebilirdin.

Üzülme! Seni kötü insanlardan uzaklaştıran Allah, güzel insanlara da yakınlaştıracaktır. Sana gerçekleri görme fırsatı veren Allah, sana gerçekçi bir hayat da yaşatacaktır.

ÜZÜLME! ALLAH HEPSİNİ GÖRÜYOR

Biri seni fena hâlde üzdü. Sana yalanlar söyledi, seni kullandı, hayallerinle oynadı. Sahte sevgisini iliklerine kadar işleyip, seni kandırıp, oyalayıp, sonra da hiçbir şey olmamış gibi çekip gitti. Senin ona olan sevgini, ikinize dair kurduğun hayalleri, gidişinden sonra neler yaşayabileceğini, hiçbirini umursamadı.

Canın acıyor, için yanıyor, hak etmediğini düşünüyorsun, kabullenemiyorsun...

Ama yine de için yandığı hâlde sabredebiliyorsun ya, kabullenemediğin hâlde yine de susabiliyorsun ya hani.

O kadar üzüntüye ve acıya rağmen isyan etmek yerine hâlâ dua edebiliyorsun ya.

Bunların hiçbirini yaşamayı hak etmediğin hâlde, yine de imtihandır deyip sükût edebiliyorsun ya her şeye.

Üzülme! Allah hepsini görüyor. Senin neler yaşadığını da, onların neler yaşattığını da biliyor.

Sen içini ferah tut!

Hiçbir haksızlık yoktur ki cezasız kalsın.

Sen Allah'a havale et. Bırak intikamını O alsın...

HATIRLANMAYA LAYIK MI?

Sevdin, değer verdin, sahiplendin.

Mutluluğu için her şeye göğüs gerdin.

Üzüldün, kırıldın ama yine de affettin.

Sevilmekten başka hiçbir şey istemedin...

Peki sen o kadar sevdin, o kadar değer verdin de; o verdiğin değeri sana karşı silah olarak kullanmadı mı?

En çok güvendiğin insandı, seni güveninden vurmadı mı?

Yine de affettin, peki hatasını anladı mı?

Veya onu da geçelim; bir kez ya bir kez, bir kez dahi üzüntülerini ve endişelerini umursadı mı?

Bir kez bile senin mutluluğun için çabaladı mı?

Kıyamadığın kadar sana kıymadı mı?

Yaptıklarını sağır sultan bile duymadı mı?

Ya da hepsini bırak bir kenara,

Şu unutamadığın insan, gerçekten hatırlanmaya layık mı?

İYİ OLMAKTAN VAZGEÇEMİYORUM

Ne kadar acıdır ki bir tane dahi yabancı iz yok bedenimde. Bütün yaralarımı hep en sevdiklerimden almışım. İyi ki varsın dediğim herkes fazlasıyla acıtmış canımı. İnandığım ve güvendiğim insanlar tarafından sürekli kandırılmışım. İyi ki yanımdasın dediğim herkes meğer çıkarları için yanımdaymış. Etrafımda iyi niyetimi kullanmayan kalmamış. Bundan sonra kimseye güvenmeyeceğim... Velhasıl; "Bu asla yapmaz.", "Bu asla kıyamaz.", "Bu asla kandırmaz." dediğim insanların bende bıraktıkları izler, benim bu dünyada bir daha kimseye güvenmeyecek olmamın imzalarıdır... Neden yalanı ve sahteliği ustalıkla kullanabilen insanlar mutluyken, iyi niyetli ve temiz insanlar sürekli acı çekerler ki? İnsanların gerçek yüzlerini göremeyecek kadar iyi niyetli olmak bu kadar kötü olabilir mi?

Sürekli yanılıyorum, doğruları göremiyorum. Sanırım ben fazlasıyla acemi bir insanım. Çünkü iyi insanları pek seçemiyorum. Bana nasıl kötü biri olunur anlatsanıza, zira ben iyi olmaktan vazgeçemiyorum.

SEVMEK NASILDIR BİLİR MİSİN?

Sevmek şöyledir; o sana yalan söyler, bilirsin.
Ama yine de inanmak istersin.
Heba edeceği bellidir, bilirsin.
Ama yine de bir şans daha verirsin.
Seni üzeceği bellidir, bilirsin.
Ama yine de taviz vermeye devam edersin.
Seni hak etmiyordur, bilirsin.
Ama yine de yanında olsun istersin.
Hata yapmıştır, bilirsin.
Ama yine de affedersin.
Yani demem o ki; sevmek ecel gibidir.
Öleceğini bilirsin.
Ama yine de vazgeçemezsin.

"Sevmek, bir insana bilerek ve isteyerek yenilmektir."

KADINLAR

Bak dostum; kadınlar öyle kolay yorulmazlar, pes etmezler, vazgeçmezler. Kalbini paylaştığı insanı herkesten ve her şeyden daha fazla önemserler. Sevdikleri uğruna mücadele etmeyi hatta savaşmayı iyi bilirler. Eğer söz konusu sevdikleri ise her şeyi göze alabilir ve bir an bile tereddüt etmezler.

Senin için her şeyle mücadele ederler. Mutluluğun için her yolu denerler. Hatta senin için dünyayı sırtlanır, yine de yoruldum demezler. Tüm bunlara rağmen bir kadın sana "Yoruldum." diyorsa, bil ki onu fena hâlde kırmış ve incitmişsin demektir.

Ve şunu da unutma; eğer bir kadını çıkarsız, menfaatsiz, sebepsiz, sadece kendi olduğu için yürekten, aşk için sevebilirsen, dünyadaki renklerin yavaş yavaş canlandığını göreceksin. Çünkü çıkarsız ve menfaatsiz sevildiğine inanan bir kadın, bir erkeğin bütün dünyasını renklendirebilecek yüreğe ve sevgiye sahiptir.

"Kadınları üzmeyin. Çünkü kadınlar size Allah'ın emanetidir. Allah'ın emanetine hakkıyla sahip çıkamayan, Allah'a bunun hesabını nasıl verebilir?"

AŞKA İNANAN İNSANLARIN MUTLU OLMA İSTEKLERİNİ KULLANMAYIN

İnsanlara karşı dürüst olun, size güvenen insanları asla yarı yolda bırakmayın.

İnsanlara karşı samimi olun, size gerçekten değer veren insanların ahını almayın.

İnsanlara karşı şerefli olun, aşka inanan insanların mutlu olma isteklerini kullanmayın.

İnsanlara karşı edepli olun, sizi seven ve size güvenen insanlara asla çamur atmayın.

İnsanlara karşı iyi niyetli olun ama kimsenin iyi niyetlerinizi kullanmasına izin vermeyin.

İnsanlara karşı affedici olun ama kimseye aynı hataları defalarca kez yapma lüksü vermeyin.

İnsanlara karşı yapıcı olun ama kimseye sizi yıkabilecek kadar çok taviz vermeyin.

İnsanlara karşı güvenilir olun ama her önünüze gelene öyle kolay kolay güvenmeyin.

İnsanlar size nasıl davranırlarsa davransınlar, siz onlara karşı her zaman güzel davranmaya devam edin. Her ne olursa olsun iyilikten ve güzellikten vazgeçmeyin.

Unutmayın, iyi insanlar bir kez kazanır ve bu, bütün kaybettiklerine bedeldir. Kötü insanlar ise bir kez kaybederler ve bu bütün kazandıklarına bedeldir.

MERHAMETLİ ADAMLAR

Siz kadınlar; sevecekseniz merhametli adamları sevin. Çünkü merhametli adamlar sizi bırakıp gitmez, size asla sırtını dönmez ve aldatmak nedir bilmez. Eğer çok sevilmek ve mutlu olmak istiyorsanız, merhametli adamları sevin. Çünkü merhametli bir adam istese bile sizi üzemez, kıramaz, size zarar veremez. Onlar için sadece gülümsemeleriniz ya da mutluluğunuz değil, gözyaşlarınız da çok değerlidir. Asla sizi ağlatmak istemezler. Sevgiyi, saygıyı ve anlayışı iyi bilirler. Sadece iyi gününüzde değil, kötü günlerinizde de sizinledirler. Her türlü zorluğa sizinle beraber göğüs gererler. Size karşı kimseye laf söyletmezler. Sevdikleri insanlara o kadar bağlıdırlar ki kendinden vazgeçer ama ondan vazgeçmezler. Unutmayın; merhametli bir adam dünyadaki tüm güzelliklerden daha iyidir. Ve merhamete sahip bir adam, her şeye sahip demektir.

"Bir adam merhamete sahip değilse, sahip olduğu hiçbir şey değerli sayılmaz."

ACELE ETME, DOĞRU ZAMANI BEKLE

Canını sıkma!

Her ne kadar yanlış kalplerle ve yanlış tercihlerle zamanını boşa geçirmiş olsan da aslında hiçbir şey için geç kalmış değilsin. İnanırsan ve kendine güvenirsen tekrar hayata tutunup, yeniden gülebilirsin. Hayatın sadece geçmişten ibaret olmadığına, gelecek diye bir şeyin de olduğuna inanıp, üzerindeki tüm ağırlıkları atıp, tekrar ilerleyebilirsin. Yaşadıklarına çizgi çekip, Allah'tan hayırlısını isteyip, yeniden başlayabilirsin.

Unutma! Hiçbir dert sonsuza dek sürmez.

Her şeyin bir sonu olduğu gibi, mutsuzluğunun hatta acılarının dahi sonu gelecek. Yeter ki bir gün biteceğine inanarak hayatına devam et, yaşadıklarından tecrübe edin ve güzel günler için mücadele etmekten asla vazgeçme.

Acele etmeye de gerek yok. Çünkü iyi insanlar mükâfatlarını en doğru zamanda alırlar. Elbet bir gün sen de değerini bilen, yüzünü güldüren ve senin için her şeyden vazgeçebilen biri ile tanışacaksın.

Sabırsız olma!

Sen sadece umudunu koru, hayatına devam et ve doğru zamanı bekle.

Senden daha güçlü değilim.
Ama senden daha inançlıyım.
İşte sen bu yüzden yerle bir
olmuşken, ben dimdik
ayaktayım.

KENDİNİ DÜŞÜNME ZAMANIN GELDİ!

Neredesin?

Yine Polyannacılık peşinde misin?

Yoksa hâlâ hak etmeyenleri mutlu etme derdinde misin?

Kendini hırpalamaktan ne zaman vazgeçeceksin?

Kabullen artık, ne yaparsan yap bazı insanları mutlu edemezsin.

Dünyanın düzeni böyledir, değiştiremezsin.

İnsanları oldukları gibi kabullenmeli

Ve artık kendi mutluluğunla ilgilenmelisin.

Şöyle kendine bir sor bakalım; herkesi mutlu etmeye çalıştın da ne oldu?

Değerini mi bildiler?

Seni mutlu mu ettiler?

Gözyaşlarını mı sildiler?

Artık eski devir bitti.

Kendini düşünme zamanın geldi.

Seni hak etmeyenler için yeterince çaba gösterdin.

Artık biraz da seni sevenler senin mutluluğun için çaba göstersin.

GÜÇLÜ KADINLAR

Güçlü kadın kimdir?

Her şeyi görmüş ve yaşamış kadın, güçlü bir kadındır. Çünkü o kadının başına gelmeyen kalmamıştır. Ama hâlâ dimdik ayaktadır.

Kadın gücünü yaşadığı zorluklardan alır. Yaşadığı her acı, yediği her darbe, gördüğü her sahte yüz ve güven kırıklığı canını acıttığı gibi aynı zamanda da onu güçlendirecektir. Ve bir gün yaşayacak acısı kalmadığında tamamen güçlendiğini de fark edecektir.

Günümüzdeki güçlü kadınların hiçbiri güçlü olmayı kendi seçmemiştir. Ya hayat onu güçlü olmaya mecbur etmiştir. Ya da etrafındaki insanlar onu bu hâle getirmiştir. Bir şekilde hayatlarına değmiş insanların veya olayların bıraktığı izler, kadını güce doğru iten yoldaki haritası olacaktır. Acılarını ve hayal kırıklıklarını takip ederek o yolları ezberleyecek ve aynı yollardan bir daha tedbirsiz geçmeyeceklerdir.

Kadın için her kaybediş bir nasihat, her gözyaşı yeni bir başlangıç, her yıkım ise yeni bir settir. Çünkü kadın her şeyi kaybederek öğrenir. Ve bir gün kaybedecek hiçbir şeyi kalmadığında korkunun hiçbir şey kazandırmadığını, üzülmenin hiçbir şeyi düzeltmediğini ve sadece duygularla hareket etmenin hiçbir şeyi geri getirmediğini öğrenecektir.

Ve hayat önüne iki seçenek çıkaracaktır;

Ya güçlü olacaktır ya da yok olacaktır.

Eğer hayatınıza sizi hak eden ve size gerçekten değer veren insanlarla devam etmek istiyorsanız yaşadıklarınızdan ders çıkarın ve kabullenip, pes edip yok olmak yerine, güçlü olup her şeyi düzeltebilmek için daha da çok mücadeleci olun.

Korkak olmayın, güçlü olun! Çünkü kadın güçlendikçe yönetilen değil yöneten, kör âşık değil her şeyi görebilen, ezilen değil vazgeçebilen biri hâline gelir. Artık onu kandırmak, onunla gönül eğlendirmek imkânsızdır. İpler tamamen onun elindedir. Hayatına girmeye çalışan insanlar ya onu gerçekten sevecektir ya da hiç hayatına giremeyecektir.

Unutmayın; güçlü kadınlar kolay kolay korkmazlar. Çünkü onlar kimseden medet ummazlar. Kendi ayakları üzerinde nasıl duracaklarını iyi bilirler. Güçlü kadınlar kolay kolay kandırılamazlar. Çünkü onlar samimiyetin de ciddiyetin de ne olduğunu iyi bilirler. Öyle herkese güvenmezler.

Güçlü kadınlar kolay kolay ağlamazlar. Çünkü onlar oturup ağlamak yerine, vazgeçip hayatlarına devam etmeyi seçerler. Ve güçlerini gülümsemelerinden aldıklarının farkındadırlar. Güçlü kadınlar kolay kolay yenilmezler. Çünkü onlar bir kez kaybetmiştir ve bir daha kaybetmemeyi öğrenmişlerdir.

Şimdi bir karar vermelisin;

Ya sen de güçlü olup hayatına ve hayatındakilere yön vereceksin ya da acemiliğe devam edip hayatın akışında kaybolup gideceksin. Karar senin.

SEVMEK

Sevmek, onu tanımaktan daha ötesidir. İki kalbin birbiri ile yer değiştirmesidir. Onun kokusunu ezberlemektir. Avuç içlerindeki izlere kadar, ellerindeki her kıvrımı bilmektir. Sesini, nefesini içine hapsetmektir. Saçından tırnağına ne varsa, hepsini kalbine resmetmektir.

Sevmek, ne olursa olsun onunla bir bütün olmaktır. Engel olmaya çalışan her şeyle beraber savaşmaktır. Bir gün hayat bu bütünlüğü dağıtsa bile, onunla aynı parçada yer almaktır.

Sevmek daha nasıl anlatılır bilmiyorum ama şimdi sevdiğimin kokusunu herhangi bir kum tanesine sürseler ve onu çölün herhangi bir yerine bıraksalar, ben o kum tanesini o çölde bulurdum. Bana dünyadaki tüm kalp atışlarını dinletseler, ben onu kalp atışlarından tanırdım. Gözlerimi bağlayıp milyonlarca kişinin ellerine dokundursalar, ben onu ellerinden tanırdım. Dünyadaki tüm insanların nefeslerini kulağıma üfleseler, ben onu nefesinden tanırdım. Dünyadaki tüm insanların saçlarını, parmak aralarımdan geçirseler ben onu saçlarından tanırdım.

Unutmayın, bir insanı gerçekten sevmek; kendinden geçmek ve o olmayı başarabilmektir.

GÜVEN AŞKTAN ÖNEMLİDİR

İnsan yanlış bir insanı sevdiğini anladığında üzülür, yıpranır, kendine kızar. Ancak zamanla bunu kabullenip doğru insanı beklemeye devam edebilir. Ancak yanlış bir insana güvendiğini anladığında yıkılacak ve bir daha hiç kimseye güvenmek istemeyecektir.

Kalp, duygusallığın merkezi olduğu için her an âşık olmaya meyillidir. Bu yüzden çok kolay kazanılabilir. Güven ise insanın merkezidir. Tereddüt ve şüphe ile beraber gelir. Bir insanın güvenini kazanabilmek için çok uzun zaman gereklidir. Unutmayın, bir insana âşık olmak için bir dakika yeterlidir. Ama bir insana güvenmek için bir ömür yetmeyebilir.

Bir ev düşünün. Aşk o evin pencereleri gibidir. Biri kapansa bile diğerlerinden içeri girebilirsiniz. Güven ise o evin kapısı gibidir. Bir kez kapandı mı bir daha içeri girmeniz mümkün değildir. İşte bu sebeple derler ki; güven aşktan önemlidir.

Siz siz olun; bir insanın durgunluğu, kızgınlığı ya da kırgınlığı olun. Gözyaşı, acısı hatta hayal kırıklığı olun. Ama asla güvenini sarsacak kadar pişmanlığı olmayın. Çünkü bilin ki bir insan yüreğini inciteni affeder. Ama güvenini inciten asla affetmez.

HİÇBİR BAHANE AŞKTAN BÜYÜK DEĞİLDİR

Aşk, iki insanın birbirini mutlu etme yarışıdır. Gerçekten seven, değer veren ve önemseyen bir insan sevdiğinin yanında olabilmek için onu mutlu edebilmek için her şeyi yapar. İster gecenin körü olsun, ister sabahın beşi. İster başka bir şehir olsun, ister dünyanın öbür ucu. Seven için çok da önemli değildir. Çünkü sevenler bilir aşk dediğin şey, zamandan da mesafelerden de üstündür...

Ancak sevgisinde şüphe olan ya da başka amaçlar uğruna yanınızda olan insanlar saç telini bile bahane edebilirler. İşlerine gelmeyen şeyler için hemen bir sebep bulabilirler. Yalan onların en büyük silahıdır. Ve bu silahı çok iyi kullanabilirler.

Mesela dikkat edin, özlediğinizde ya da görüşmek istediğinizde, onların sürekli işleri vardır. Ya da başlarına olmadık şeyler geliyordur sürekli. Beraber olduğunuzda ise size sürekli bağırır, çağırır, hakaret ederler. Sizi küçümserler! İsteklerinizin, hayallerinizin, mutluluğunuzun onlar için çok da önemi yoktur çünkü onlar için aşk; sevgiden değil, çıkar ve menfaatlerden ibarettir. Siz siz olun böyle insanlarla sevginizi ve kalbinizi paylaşmayın.

Unutmayın; hiçbir bahane aşktan daha büyük değildir. Size sürekli bahane üreten bir insan, sizi ya hiç sevmemiştir ya da sevgisi çoktan bitmiştir.

EVET KAYBETTİM!

Aşkta kazanmak; çıkarları, menfaatleri ve planları olan ikiyüzlü insanların amaçlarına ulaşmalarıyla mümkündür.

Aşkta kaybetmek; çıkarsız, nedensiz, sebepsiz, gerçekçi bir sevginin kullanılıp yok edilmesiyle mümkündür.

Sen kazandın! Çünkü amaçlarına ve planlarına ulaştın.

Ve ben. Evet kaybettim.

Kaybettim çünkü ben bir insanı kullanamam, onun duygularıyla oynayamam. Ona yalanlar söyleyip hayallerini yıkamam. Hayatını mahvedip onun beddualarıyla yaşayamam. Çıkarlarımı ön planda tutup geleceğini yerle bir edemem. Sevgisini kullanıp, her türlü imkânlarından yararlanıp, sonra da yüzüstü bırakıp gidemem... Yani demem o ki ben aşka inanan, sevgiye kıymet veren, karıncayı bile incitemeyen bir insanım. Asla senin gibi kötü, ikiyüzlü ve yalancı olamam.

Şimdi sen tüm bunları yapıp bir de hiç utanmadan ya da yüzün kızarmadan kazandığını düşünüyorsun ya hani. Eğer kazanmak seninki gibiyse, ben her zaman kaybetmeye razıyım.

"İnsan sevdiği gün yenilir, terk edildiği gün değil."

O, NE KADAR UMUTSUZLUĞUNSA ALLAH BİR O KADAR UMUDUNDUR

Kötülük mü gördün?

Vicdanını ve merhametini mi kullandılar?

Ya da hak etmediğin şeyler mi yaşadığını düşünüyorsun?

Bunlardan hangisi olursa olsun; inancını, vicdanını ve kalbinde tuttuğun iyiliklerini korumaya devam et. Eğer iyi bir insan olduğunu düşünüyorsan, iyi niyetli yaşamaya devam etmekten vazgeçme. Çünkü Allah iyi insanlara fazlasıyla verecektir. Birine değer verdin, yanıldın. Ama belki de verdiğin değerin karşılığı başka bir yürektedir. Evet, temiz kalpli ve merhametliydin ve bunların da bedelini fazlasıyla ödedin. Karamsar olma, belki de sıra mükâfatlarını görmektedir. Sen kalbini ferah tut. Çünkü iyi şeyler bazen gecikir. Ama bir gün mutlaka gelir.

Unutma; o ne kadar umutsuzluğunsa, Allah bir o kadar umudundur. O ne kadar seni umursamıyorsa, Allah bir o kadar koruyucundur. Ona güvendiğin için üzüldün, yıprandın ve yanıldın. Artık Allah'a güven ki bir daha yanılmayasın.

"Neye bulaşırsan bulaş, kendi rengine bürünürsün. Beyazsan üzülme, karanlıkta da görünürsün."

YANLIŞLARA TEŞEKKÜR ETMEK

Aşk kaçınılmazdır. Ne kadar uzak durmaya çalışırsan çalış; bir gün birini beğenecek, onu sevecek ve ona karşı duygularına yenik düşeceksin. Ne kadar şüpheci olursan ol; sevginle hareket edecek, hayallerinde mükemmel bir profil çizecek ve onun da öyle olduğunu düşüneceksin.

Ne kadar akıllı olursan ol; kalbine boyun eğecek, acemice düşünecek ve hatalı kararlar vereceksin.

Aşk ne kadar kaçınılmazsa, insan da bir o kadar hataya meyillidir. Bu sebeple aşk insana hata yaptırabilir.

Sen şimdi kendini suçluyorsun. Sanki dünyanın sonuymuş gibi davranıyorsun. Herkesin onun gibi yalancı ve düzenbaz olduğunu düşünüyorsun. Bir daha asla sevemeyeceğini, gülemeyeceğini, mutlu olamayacağını zannediyorsun. Ancak hiçbir şey senin düşündüğün gibi değil. Hayatta güzel insanlar da var, kendini boş yere paralıyorsun.

Sen dünyanın en masum şeyini yaptın "sevdin"... O ise bunu kullanmaya çalıştı. Senin temiz duygularına kendi kirli çıkarlarını bulaştırdı. Yine de sen üzülme, bunları birer tecrübe olarak gör...

Unutma! Sen kaybetmedin, kötüyü öğrendin. Artık kimin aşk ve sevgi için, kimin de çıkarları için geldiğini çok daha iyi görebileceksin. İyiyi kötüden ayırabilecek ve iyi kalpleri tanıyabileceksin. Ve bir gün gelecek, seni doğruya iten tüm bu yanlışlara teşekkür edeceksin.

GÜNÜMÜZDEKİ AŞKLAR

Aşk...

Ne büyülü bir kelime değil mi? Hepimizin yaşamak istediği özel bir duygu. İnsan okuduğunda dahi heyecanlanabiliyor. Tanımı gibi yaşayabilsek, bir insana bir ömür yeter. Ama tanımı gibi yaşayabilsek!

Şimdi yoldan geçen insanlara aşk nedir diye sorsak; sevmek, sahiplenmek, ilgi görmek, kıskanmak, mutlu etmek gibi tanımlar yapacaklardır. Aslında tanım olarak doğru ancak yaşantı olarak maalesef ki öyle değil. Günümüzde yaşanan aşkların aşkın tarifi ile hiç alakası yok. Hatta aksine, yaşatmaktan çok öldürmek, mutlu etmekten çok süründürmek üzerine kuruluyor. Beklentilerimizle yaşadıklarımız tamamen tezatlarla dolu. Nedense hep seven ile bu sevgiyi kullanmaya çalışanlar bir araya geliyor. Ne yaparsak yapalım iki iyi insanı bir araya getiremiyoruz. Ve aşkı tanımı gibi yaşayamıyoruz.

Kitaplarda okuduğumuz ya da büyüklerimizden dinlediğimiz geçmişte yaşanmış aşkların hiçbiri günümüzde kalmadı. Aşk artık eskisi kadar temiz değil. Çünkü bizler çıkar ve menfaatlerimizi aşka bulaştırarak onu kirlettik, yaşanmaz bir hâle getirdik. Ve günümüzde aşk, bazen büründüğümüz bir şekil, bazen çıkarlarımızın kılıfı, bazen yalanlarımızın sığınağı, bazen de öldürmek için kullandığımız bir silah hâline geldi.

Aslında bilen için aşk çok kıymetli ve çok özeldir. Ama birçok insan kıymetini bilmiyor. O duyguyu yaşayabilmek için çok uğraşıyor, çok mücadele veriyor ama elde edince değişiyor ve nankörleşiyor. Kaybedince de kendinde hata aramak yerine suçu aşka atıyor ve hemen isyan etmeye başlıyor. İşte bu insanlar yüzünden, aşka inanan insanlar da yanmış ve kaybetmiş oluyor.

Günümüzde neden doğru düzgün aşklar yaşanmıyor biliyor musunuz?

Çünkü aşk tek tarafa yükleniyor. Ve o yükü sürekli taşıması isteniyor. Bir taraf çok rahat ederken diğer taraf o yükün altında ezilip gidiyor. Hiçbir şey yapmayanlar kazanıyor, her şeyi yapanlar ise kaybediyor. Ağlatanlar mutlu ediliyor, mutlu edenler ise ağlatılıyor. Değer verenler değersizleşiyor, değersizler ise çok değer görüyor. İyi kalpler yüreksizlerde üzülüyor, yüreksizler ise iyi kalplerde sefa sürüyor. Sevenlere sövülüyor, sövenler ise çok seviliyor. Günümüzde aşklar o kadar tezat ve tutarsız ki aşkı hak eden insanlar günden güne ölürken, aşkı hak etmeyen insanlar hayatlarını yaşıyor.

Unutmayın; iyi insanlar iyi insanlara şans vermediği sürece, kötü insanlar sürekli aşkı kirletecekler.

Ve biz aşka inanan insanlar aşkı doğru bir şekilde yaşamaya özen göstermedikçe, hak etmeyenler sefasını sürmeye devam edecekler.

BAZI İNSANLAR KENDİ MUTLULUKLARININ KATİLLERİDİR

Seversin.

Onun için mücadele eder, bazı şeyleri görmezden gelirsin.

Defalarca kez affeder, sürekli yeni bir şans daha verirsin.

Gerçekleri hep es geçer, kurduğun hayallere yenilirsin.

Ancak ne kadar ilerlersen ilerle, her seferinde başa döndüğünü fark edersin. Kızarsın, üzülürsün hatta umutsuzluğa kapılırsın ama yine de vazgeçmezsin. O üzdükçe tahammül dereceni, o umursamadıkça mücadele gücünü yükseltirsin. İçinde sana dair zerre kadar sevgi bulabilmek için cehennemine girer didik didik edersin. Kendi yangınlarını unutup onun kıvılcımlarına üflersin. Onunla mutlu olabilme ihtimali uğruna günden güne küle dönersin. Ama ne kadar yanarsan yan, ne kadar savaşırsan savaş acı gerçekleri değiştiremezsin.

Ve en sonunda anlarsın ki; çöle buzdan kale yapılmaz. Sana kör olanla yola çıkılmaz. Bazen ne yaparsan yap nafiledir. Çünkü bazı insanlar kendi mutluluklarının katilleridir.

"Mutluluğu hak eden bir insan yalnızsa, muhtemelen mutluluğu hak etmeyen birini çok mutlu ettiğindendir."

UNUTMAK SEVENLERİN İŞİ DEĞİLDİR

Dünyanın en acı şeyi nedir diye sorsalar, sevdiğin insan tarafından sevilmiyor olduğunu bilmektir derim. Düşünsene, uğruna her şeyi yapabileceğin insan seni hiç umursamıyor. Unutmaktan başka çaren yok. Ama ona verdiğin sevgi ve değer buna engel oluyor. Mantığınla duyguların arasında sürekli eziliyorsun. Bu gerçekten çok acı verici.

Birini severken unutmaya çalışmak gerçekten çok zordur. Başarabilmek neredeyse imkânsızdır. Ne yaparsan yap, hep başa dönersin. Çünkü yüreğine kazıdığın insanı öyle kolay silemezsin. Kalmak istediğin yerden öyle kolay gidemezsin. Bir insanı hem yaşatıp hem de öldüremezsin.

Ayrılık; iki insan birbirlerini sevmiyorlarsa kaçınılmaz, seviyorlarsa imkânsızdır. Ancak biri sevip diğeri sevmeden gidiyorsa, bu kalan için paramparça olmaktır. Tarifi bile zordur. Onun senden gidişi, acı bir başlangıcın sana gelişi demektir. Yaşadığın onca güzelliklerin birdenbire acıya dönüşmesidir. Ayrılık yangını da beraberinde getirdiğinde, artık hiçbir soğuk o ateşi söndürmeye yetmeyecektir.

Kabullenmek çok zordur. Yıllarını verdiğin insan sana sırtını dönmüş, yalana dönüşmüştür. Yaşadığınız onca güzel zamanın hiçbir önemi kalmamıştır. Bir zamanlar mutlu ettiğin insan, mutsuzluğunu umursamayacak ve çekip gidecektir.

Ona dair ne varsa artık senin acılarındır. Her geçen gün katlanarak çoğalmaya başlarlar. Anıların ve hatıraların gitgide seni esir almaya başlamıştır. Sinirlerin fazlasıyla yıpranmış ve artık hiçbir şeye tahammülün kalmamıştır.

Uzaklaşmak istersin, unutmak istersin. Ancak severken attığın adımlar seni ondan uzaklaştırmaya yetmemiştir. Gittiğin ya da kaçmaya çalıştığın her yere hatıraları da seninle beraber gelmiştir. Ne yaparsan yap, kalbin bir türlü sana geri dönmemiştir. İçindeki yangınlar hâlâ sönmemiştir. Onu unutmak için yaptıkların sana hiçbir fayda getirmemiştir.

Ve zaman sana, aslında hâlâ olduğun yerde olduğunu ve o kadar adımın seni bir adım bile ileri götüremediğini fark ettirir. Yaptığın onca şey boşa gitmiştir. Ne onu unutabilmişsindir ne de kendine gelebilmişsindir.

Ve bir gün tamamen yalnızlaştığında;

Zamanın geçtiğini ama acılarının kaldığını, özlememek için yaptığın her şeyi aslında özlediğin için yaptığını, ne kadar soğuk davranırsan içinin o kadar yandığını ve ne yaparsan yap onu unutamadığını kabullenmişsindir.

Unutma; unutmak sevenlerin işi değildir.

Üzülsen de kızsan da asla birinin üzülmesine sebep olma. Her ne kadar seni ağlatsalar da sen sen ol, kimseyi ağlatma.
Çünkü bil ki ağlayana çare bulunur da, ağlatanın vay hâline!

NE SEN NE DE SENSİZLİK

Seni seviyorum ama senden nefret ediyorum, aynı zamanda sensiz de yapamıyorum. Seni ne yüreğimden sökebiliyorum ne de gözlerimden dökebiliyorum. Nasıl bir günahsın ki; girsem de girmesem de yanıyorum.

Öyle bir şey ki hem çaremsin hem de çaresizliğim. Hem azabımsın hem de mükâfatım. Hem bana iyi geliyorsun hem de beni öldürüyorsun. Bu ikilem, bu çıkmaz tüketiyor beni.

Ne sen ne de sensizlik. Ne uzaklığın ne de yanı başım. Ne mutluluğum ne de gözyaşım. Aklımla kalbim arasındaki bir savaşın ortasındayım. Güçsüzüm, silahsızım, sanki vatansızım! Hangisi kazanırsa kazansın, kaybeden ben olacağım.

"Dünyalar kadar büyük bir bedel.
Sevsem de ödeyeceğim, gitsem de ödeyeceğim.
Dipsiz uçurumlarla dolu her yer,
Düşsem de öleceğim, düşmesem de öleceğim."

SEVİYOR MU? SEVMİYOR MU?

Seviyor mu yoksa sevmiyor mu?

Hepimizin en merak ettiği cevap bu olsa gerek, içimizde hep bir merak, hep bir şüphe. Fallardan, kartlardan, papatyalardan bu sorunun cevabını öğrenmeye çalışıyoruz.

Peki, başarabiliyor muyuz?

Size âşık olduğunu söyleyen insanların gerçeği söyleyip söylemediklerini anlamak istiyorsanız; sizi kaybetme korkusu olup olmadığına bakın.

Çünkü seven insan sevdiği insanı kaybetmekten korkar.

Sizin için aldığı risklere bakın.

Çünkü seven insan sevdiği için her şeyi göze alır.

Sizin için verdiği mücadelelere bakın.

Çünkü seven insan sevdiği için her şeyi yapar.

Yaptıklarınıza ve isteklerinize karşı tahammül derecesine bakın.

Çünkü seven insan sevdiğine sevdiği kadar sabırlıdır.

Sizi ne kadar sahiplenebildiğine bakın.

Çünkü seven insan sevdiği insanın geçmişini de, hatalarını da, her şeyini de kabullenir.

Size ne kadar dürüst olabildiğine bakın.

Çünkü seven insan sevdiği insana kolay kolay yalan söyleyemez.

Unutmayın; karşınızdaki insanın sizi önemsemesi, mutlu etmesi ya da size sürekli hediyeler vermesi, sizi seviyor olduğu anlamına gelmez. Bunları çıkar ve menfaatleri için de yapıyor olabilir...

Eğer bir insanı seviyorsanız ve onunla bir gelecek hayal ediyorsanız, ileride üzülmemek için onu gerçekten çok iyi tanımaya çalışın. Elinizden tutması kolay ama sizi her şeyin önünde tutabiliyor mu siz ona bakın. Sizi sevdiğini söylemesi kolay ama sizin için fedakârlık yapabiliyor mu siz ona da bakın. Mutlu olun diye size gül almak kolay. Üzüldüğünüzde gönlünüzü alabiliyor mu siz ona bakın. Sizi güzel bir restorana götürmek kolay. Sizi ailesine götürebiliyor mu siz ona bakın. Öyle ufak tefek şeylerden vazgeçmek kolay. Sizin için gururundan vazgeçebiliyor mu siz ona bakın.

Unutmayın; aşk paranın satın alamayacağı bir şeydir. Maddiyatla halledilen hiçbir şey aşk için ispat sayılmaz...

Nefesi bitene kadar sevmeli insan, hevesi bitene kadar değil! Çünkü aşk içselliktir, cinsellik değil...

KİM KAYBETTİ?

Derler ki aşk onun için her şeyi göze almak ve göze aldığın her şeyi tereddütsüz yapmaktır. İşte bu yüzden sevdiğin insan senin için ya ödüldür ya da ölümdür.

Fedakârlıksa fedakârlık, özveriyse özveri, mücadeleyse mücadele... Sen sevgin için elinden, yüreğinden geleni yapmadın mı? Sırf o mutlu olsun diye mutsuzluğu göze almadın mı? Bu aşk için kendini yeterince yıpratmadın mı?

Olmuyorsa daha fazla zorlama!

Kaybettiğini düşünerek kendini boş yere suçlama.

O ne seni ne de sevgini hak etti. Zaten çıkarcı ve hain değil miydi? Senin ise yüreğin tertemizdi. Sen bu tertemizliğinle çok mutlu olursun da, o bu hainliğiyle bir daha mutlu olabilir mi?

İkiniz de tercihlerinizi yaptınız. Sen iyiliği seçtin, o kötülüğü seçti. Boş versene iyi ki bitti.

Söyle bakalım şimdi; sen mi onu kaybettin yoksa o mu seni kaybetti?

KORKMA, BOĞULMAZSIN

Bazen hayat şiddetli bir şekilde sarsar insanı, içinde biriktirdiğin her şey çalkalanmaya başlar. Sen çalkalandıkça, dertlerin dalgalanır. Dertlerin dalgalandıkça, tutunduğun ya da üzerinde durduğun desteklerin senden uzaklaşır. Zamanla gücün azalır ve sen dertlerinle doldurduğun denize düşersin.

Ama denize düştün diye yılana sarılmana ya da şeytanın kayığına tutunmana gerek yok.

Unutma ki; düştüğün deniz ne kadar dalgalı olursa olsun Allah'ın belirlediği rotada kalırsan batmazsın. Her ne kadar yaşadıkların seni dibe çekiyor olsa da sabrı üzerine giyinmişsen korkma boğulmazsın.

Farkına var imtihandasın, başaramayacağını düşünerek ya da yaşadıkların yüzünden geleceğinden udunu keserek, bir yere varamazsın. Ümitsizliğe kapılarak, yaşadıklarından korkarak ya da Allah'tan başka bir şeylerden medet umarak, hayatını yaşamazsın.

Üzülme, Allah sana yüz çevirmedi. Unuttun mu, kaç kez vazgeçecek oldun da, Allah sana hep yeni işaretler gönderdi. Kaç kez isyan dilinin ucuna kadar geldi de, Allah öteye geçmesine izin vermedi, kaç kez yere düşer gibi oldun da, Allah sana tutunacak yeni dallar nasip etti. Sakın umutsuzluğa kapılma, Allah sana bu kadar yardımcı oluyorsa, Allah seni bu kadar koruyorsa, demek ki senin hikâyen daha bitmedi...

BİRİSİ

Umudunu yitirme!

Hayatın sana hep üzüntü, sıkıntı, stres getireceğini düşünme. İnan bana hep böyle ilerlemeyecek.

En beklemediğin anda birisi gelecek; yeniden nasıl âşık olunabileceğini, geçmişini nasıl unutabileceğini, umudun yeniden nasıl yeşerebileceğini sana öğretecek. Gözündeki yaşı silip yerine mutluluk resmedecek. Mağlup olduğun her şeyle savaşacak ve kalbini fethedecek.

Seni şartsız ve çıkarsız sevecek. Daha da önemlisi sana güven verecek. Derdine, kederini ortak olacak ve kırılan tüm hayallerini tamir edecek.

Sen sadece zamana sığın. Çünkü zaman muhakkak geçecek. Ve birisi bunların hepsini bir gün muhakkak gerçekleştirecek.

"Umutlu ol! Çünkü umut ne kadar taze ise, hayat o kadar yaşamaya değerdir."

HAYAT MUHASEBESİ

Üzülmekten yoruldun mu?

Öyleyse neler kazanıp neler kaybettiğini görebilmek ve ileride yaşanabilecek olumsuzlukların önüne geçebilmek için hayatının muhasebesini yapma vaktin gelmiş demektir.

Eğer hayatında bir şeylerin eksik olduğunu hissediyorsan, seni mutsuz eden şeylerin çoğaldığını düşünüyorsan, hayattan eskisi gibi tat alamıyorsan, bir an önce kendinle hesaba oturmalı ve hayatının muhasebesini yapmalısın. Kendine gelmeli, kendini dinlemeli ve eteğindeki taşları dökmelisin. Nerede yanlış yaptığını ve bu yanlışların hayatında nelere yol açtığını iyi görmeli ve bunları düzeltip hayatına daha düzgün nasıl devam etmen gerektiğini öğrenmelisin.

Mutsuzsun ve nedenini bilmiyor musun?

Öyleyse yaşadıklarınla yaşamak istediklerini karşılaştır. Eğer arada büyük farklılıklar varsa bu ya hayallerinin yüksekliğinden ya da etrafındaki insanların alçaklığındandır. Gerçekleşmeyecek hayallerin peşinden koşmak ya da karakteri bozuk insanları hayatına almak yerine, daha mütevazı hayaller kurmak ve hayatını daha düzgün insanlarla paylaşmak, mutluluğunu ve hayatını daha yaşanabilir bir hâle getirecektir.

Unutma; hayallerinle yaşadıkların arasındaki farkı dengeleyemedikçe aradaki uçurumlardan düşmeye ve sürekli olarak üzülmeye mahkûm kalacaksın.

VİCDANIM RAHAT!

Neden vicdanım rahat biliyor musun?

Çünkü ağlatıldım ama kimseyi ağlatmadım.

Aldandım ama kimseyi aldatmadım.

Kandırıldım ama kimseyi kandırmadım.

İyi niyetlerim suistimal edilse de iyi olmaktan hiç ayrılmadım.

Yeri geldi kaybettim ama hırsımın esiri olmadım.

Çok şeytan gördüm ama hiçbirine uymadım.

Belki üzüldüm, yıprandım ama geçmişimde yaptıklarımdan hiç pişmanlık duymadım...

Eğer ben; geceleri rahat uyuyabiliyorsam,

her şeyden huzur bulabiliyorsam,

kendimle gurur duyabiliyorsam,

bu, vicdanımın rahatlığındandır...

NOKTAYI ÖYLE BİR YERE KOY Kİ...

Bir insanı sevmek, ona değer vermek, olumsuz davranışlarına katlanmak zorunda olmak demek değildir. Ya da seni üzüp mutsuz etmesine izin verip, gönlünü almasını beklemek de değildir. Unutma ki bir insanın yapmış olduğu hata ve yanlışları sineye çekip hiçbir şey olmamış gibi yaşamaya çalışmak, aşk değil eziyettir. Nasıl ki sen sevdiğin insanı üzmemek için sesini dahi yükseltmekten çekiniyorsan, o insan da eğer seni seviyorsa sana senin ona davrandığın gibi davranmak zorundadır. Sevgi ve aşk bunu gerektirir.

Bir insanı çok sevebilirsin. Bazı hatalı davranışlarına tahammül edebilirsin. Sevgin ve mutluluğun için bazı yanlışları görmezden gelip, bazen yeni şanslar da verebilirsin. Ancak bir şeylerin düzelmediğini gördüğünde ve bu ilişkiyi bitirmeye karar verdiğinde noktayı öyle bir yere koyacaksın ki bir daha hiç kimse bu hikâyeye devam edemesin.

Eğer üzülmek istemiyorsan sana tavsiyem şu; sana kör olanın gözü, sana sağır olanın kulağı, seni bırakıp gidenin durağı olma. Sana hak ettiğin değeri vermeyeni yüreğinde tutma. Seni her şeyinle seviyorsa yanında olmaktan korkma. Ama sevgisinden şüphe duyuyorsan bir saniye bile yanında durma.

"Bir insanın sana sürekli yanlış yapmasını istemiyorsan; elinde bir nokta tutmaktan ve gerektiğinde bu noktayı kullanmaktan çekinmeyeceksin."

Aşk tenini nefs'etmek değil,
ruhunu resmetmektir.
Bedeni bedene değil,
kalbi kalbe hapsetmektir.

YA GELECEĞİN DAHA İYİYSE

Beni iyi dinle!

Bir ilişki bitmişse bitmiştir. Artık onu eşelemenin ya da onun peşinden gitmenin sana bir faydası olmayacaktır. Unutma ki yanlış aşkta ısrar etmek, kalbine zarar vermekten başka bir şey değildir. Artık acemiliği bir kenara bırakıp vazgeçmeyi hatta gerektiğinde silmeyi de öğrenmelisin. Yanlış yapıyorsun. O gitmiş sen hâlâ gelecek sanıyorsun. O seni hasta etmiş, sen hâlâ ondan şifa istiyorsun. O seni mezara çevirmiş, sen hâlâ ondan dua bekliyorsun. Yapma! Canını yakandan medet umma. İstenmediğin kalpte durma. Yanlış insanlar için artık kendine yanlış yapma. Allah senin mutluluğunu isterken, daha fazla şeytana uyma.

Neden boş yere üzülüyorsun ki? Eğer o gözyaşlarını, sevgini, acını umursamadıysa, bu ilişki için çaba göstermediyse, senin sevgini hak edemediyse, sen de kendini boş yere üzme. Yüzünü yüzsüzler için düşürme. Yorma daha fazla kalbini. Kaybetmek dünyanın sonu değil ki. Hem ne olmuş yani bittiyse, dök ardından suyu gittiyse. Peki, hiç düşündün mü? Ya geleceğin daha iyiyse?

"Üzülme! Kalbin de mevsimleri vardır. Bu kış da geçer elbet. Bir gün senin de yüreğindeki çiçekler de açacaktır, sabret."

HER GELEN SONSUZA DEK SEVMEYECEK

İnsan herkesi affeder, bir tek kendini affedemez. Bir insana yanlış yaptığında o kişi seni affedene dek acı çekersin. Ama kendine yanlış yaptığında, kendini asla affedemezsin.

Bir insan en kolay aşkta yanlışa düşer. Mutlu olma isteği, düşünme ve karar verme yetilerini kapatabilir. Ve bu da seni hataya sevk edebilir. Belki ufak bir yanlış görülmeyebilir ya da geçiştirilebilir. Ancak üst üste gelen yanlışlar insanda derin ve kalıcı izler bırakabilir. Mesela; bir gün birini seversin, daha önemlisi ona güvenirsin, daha da önemlisi kendin gibi zannedersin. İşte bu üç yanlış hayatındaki en önemli doğruyu "aşka olan inancını" götürür. Ve sen bunu fark ettiğinde birçok şey için geç kalmış olursun.

İşte bu yüzden bir insanı çok sevme ya da çok sevdiğine çok güvenme ya da çok sevip çok güvendiğini asla kendin gibi zannetme. Ne yaparsan yap bu üçünü bir araya getirme.

Unutma! Her gelen sonsuza dek sevmeyecek. "Ben hep yanındayım." diyenlerin arkalarına bile bakmadan gidişlerini izleyeceksin. Sen sen ol, kendine yanlış yapmamak için hiç kimseyi kendin gibi zannetme ve hiç kimseye tam anlamıyla güvenme.

Hazır daha zamanın varken; gülebildiğin kadar gül, sevebildiğin kadar sev, özleyebildiğin kadar özle, yaşayabildiğin kadar yaşa. Nasıl olsa bir gün bunların hepsine pişman ettirecek biri ile tanışacaksın.

OLACAKSA

Fazla kalabalığa gerek yok. Etrafında az insan olsun ama hepsi gerçekçi ve dürüst olsun. Eğer olacaksa her anında yanında olacak ve senin için savaşmayı göze alacak insanlar olsun hayatında. Seni sürekli oyalayacak ya da yarı yolda bırakıp kaçacak insanlar değil.

Güvenilir insanlar biriktir. Çünkü her insan güvenilir değil. Eğer olacaksa güvenle sırtını yaslayabileceğin ve korkmadan sırrını paylaşabileceğin insanlar olsun hayatında. Sürekli dedikodunu yapacak ya da ilk fırsatta sana kazık atacak insanlar değil.

İnsana gerçekçi insanlar lazım. Güzelmiş, yakışıklıymış, kariyerliymiş bunlar hikâye. Eğer olacaksa gerçekçi insanlar olsun hayatında. Seni önemseyen, değerini ve kıymetini bilen ve senin için her şeyle mücadele edebilen insanlar olsun. Suni, hayali ya da geçici insanlar değil.

Ve sana tavsiyem, hiç kimse için kendini küçük düşürme. Ve hiç kimseye seni defalarca kez üzecek kadar değer verme. Hak edenler için sonuna kadar mücadele etmekten çekinme. Ama hak etmeyenler için bir damla gözyaşını dahi heba etme.

Unutma; sen ne kadar iyi niyetli ve değerli olursan ol, karşındaki eğer "sıfırsa" bu seni de yok etmeye yetiyor işte. Bu sebeple sen sen ol; değerli hayatını, değersiz insanlar için yok etme.

SENDEN ÖNCE / SENDEN SONRA

Ben aslında iki kişiyim...

Biri gündüz, biri gece.

Biri bembeyaz, biri kapkara.

Biri senden önce, diğeri senden sonra.

Ben senden önce; neşeli, delidolu, kabına sığmayan, sürekli gülümseyen, insanları seven ve onlara güvenen, masallara inanan, umut dolu, masum ve hayalleri olan bir insandım. Aşka ve âşığa saygım vardı. Birbirini seven insanlar gördükçe mutlu olur, bir gün kendim de yaşayabilmek için dua ederdim... Bir gün seni tanıdım, sana alıştım, sana karıştım ve seni kendim gibi sandım. Sen sanki masal kahramanı gibiydin. Seni görünce sanki tozpembe bir sis bulutunun içine girdim. Ayaklarım yerden kesildi. Ama uçurumların olduğu gerçeğini göremedim.

Düşünüyorum da o zamanlar ben çok savunmasızdım. Sanki yuvasından ilk kez çıkmış yavru bir güvercin gibiydim. Heyecanlı, utangaç ve ürkektim. Açıkçası seni de böyle zannettim. Sana güvendim. Ve seni annem gibi sevdim.

Seninle kendi hikâyemizi yazacağımızı ve kendi masalımızı yaşayacağımızı zannettim. Kendimize yepyeni bir dünya seçecektik, oraya harikalar diyarı kuracaktık, kumdan kaleler yapacaktık. Gökten üç elma düşecekti ve biz sonsuza dek mutlu olacaktık.

Ama sen kader olup yüreğimi aralayacağına, kalem olup karalamayı seçtin. Yanıma gelip kollarını açacağına, arkanı dönüp kaçmayı seçtin.

Ben bütün masumiyetimle sevdim, sen bunu çıkarlarınla rezil ettin. Ben her şeyimi sana verdim. Ama sen hayallerimi, umudumu, inancımı, güvenimi, kısacası her şeyimi alıp gittin. Her şeye rağmen bekledim, sen her şeye rağmen gelmedin. Ve en acısı da neydi biliyor musun? Ne kalbim ne de bedenim yaşayacak durumdaydı ne de bunlar senin umurundaydı.

Ben senden sonra; durgun, sıkılgan, isteksiz, hevessiz, donuk, hiç gülmeyen, insanları sevmeyen ve onlara asla güvenmeyen, masallara inanmayan, umutsuz ve hayalleri olmayan bir insan oldum.

Ne sözler verdim kendime ama hiçbirini tutamadım. Gülmeyi, hayal kurmayı, sevmeyi hatta kendimi bile unuttum. Ama seni bir türlü unutamadım. Ve masalların gerçek olmadığını, insanların çıkarları için yakınlaştıklarını ve aşkın masaldan ibaret olmadığını çok iyi anladım.

Dedim ya, ben yuvasından ilk kez çıkmış yavru bir güvercindim. Sen ise gözü dönmüş acımasız bir avcıydın. Hiç düşünmeden beni yaraladın ve hiç acımadan kanatlarımı kırdın.

Ve biliyor musun, ben senden sonra bir daha hiç uçamadım.

İNCE BİR ÇİZGİ

Şöyle bir bakıyorum da geçmişim yaşamamış olmayı tercih edeceğim şeylerle dolu. Ve bunların büyük çoğunluğunda senin adın yazılı... Zamanımı boşa harcadığımı gördükçe, kalan ömrüme sığdırabileceğim şeylerin de gitgide azaldığını fark etmeye başladım. Sıfırdan başlayıp nereye kadar gidebilirim bilmiyorum ama bir şekilde kalbimi senden kurtarmalı ve hayatımı düzene sokmalıyım...

Sana verebileceğim tavizim hiç kalmadı. Sen hepsini fazlasıyla tükettin. Ben artık bu kâbustan uyanmak, seninle heba ettiğim zamanımı tekrar geri kazanmak ve yeniden başlamak istiyorum. Hayal kurmak yerine gerçekleri yaşamak, mutlu insanları izlemek yerine onlar gibi mutlu olmak istiyorum. İç çektiğim ve özendiğim şeylere kavuşmak ve sayende yaşayamadığım tüm güzel duyguları bir an önce yaşamak istiyorum.

Ve Allah'tan, içinde sana dair hiçbir şeyin olmadığı, umut ve huzur dolu bir hayat talep ediyorum...

Ancak biliyorum ki bu hiç kolay olmayacak. Çünkü ince bir çizgi var; şimdi seni unutsam, sevgime saygısızlık olacak. Sevmeye devam etsem, kalbime haksızlık olacak. Neyi seçersem seçeyim geçmişime yazık, geleceğime ayıp olacak...

En iyisi seni hiç yaşamamış olmayı dilemek...

SEN GİDEBİLDİN Mİ?

Yorgunsun.

Çünkü onun bitirdiklerine sen devam ediyorsun. O senin yükünü bırakmış ama sen hâlâ taşıyorsun. O seni çoktan unutmuş ama sen hâlâ unutmak istemiyorsun. O sana sırtını dönmüş ama sen hâlâ kucak açmış bekliyorsun. Gerçekler gözünün önünde duruyor. Ama sen hâlâ kalbinle düşünüyorsun. Hata yapıyorsun.

Hayal dünyasından çıkıp gerçeklerle yüzleş artık. Sen gidebildin mi?

Sen sırtını dönebildin mi? Sen unutabildin mi?

Peki, neden yapamadın? Çünkü onu seviyordun. Peki, o neden yaptı? Çünkü senin kadar sevmiyordu. Acı da olsa gerçekleri kabullenmelisin. Geçmişine takılı kalıp geleceğinden çalmaktan vazgeç artık. Bu lambadan cin çıkmaz, daha fazla ovalama. Olmayacak şeyler için kendini oyalama. Gerçekleşmeyecek hayalleri daha fazla kovalama. Gör artık her şey gün gibi ortada!

“Unutma, hayallere esir olmak gerçekleri kaybetmektir ve giden birini beklemek geleceği katletmektir.”

SAKIN YIKILMA

Yaşamak şiddetli bir fırtınaya benzer. Yaşadıkların seni yıkmaya, sen ise ayakta kalmaya çalışırsın. Eğer kolay vazgeçer, pes eder ya da çabuk kabullenirsen, çabucak yıkılır gidersin.

Asla durma, kararlı ol ve hayatına devam et. Bil ki sen dursan da dünya dönmeye devam edecek. Mücadelelerini kendin için sürdür ve kesinlikle pes etme. Çünkü sen pes ettin diye kötüler kötü olmaktan vazgeçmeyecek.

Biri seni mutsuz etti diye diğer insanlardan soğuma. Her ne kadar kötü insanlara denk gelmiş olsan da, dünya senin yaşadıkların kadar kötü bir yer değil aslında. Hâlâ gülümsemene sebep olabilecek, sevgini önemseyecek ve seni mutlu etmek için gayret gösterecek insanlar var bu hayatta. Sakın yıkılma!

Bak çok az kaldı toparlanacaksın. Hak ettiklerini yakında alacaksın. Öyle biri çıkacak ki karşına, yaşadığın tüm haksızlıkları unutacaksın. Sabırlı ol, yakında sen de huzura ve mutluluğa kavuşacaksın.

"Asla yıkılma! Çünkü seni yıkamayan insanlar, bir gün önünde eğilmeye mahkûm kalacaklar."

AŞK

Aşk ne mutlu olmaktır ne de mutlu etmektir. Mutluluğa herkes taliptir. Aşk dediğin, mutlu ederken acıları da üstlenebilmektir...

Aşk sevdiğine sadakatli olmaktır, güvenilir olmaktır, merhametli olmaktır. Edebini muhafaza ederek, ellerine dahi dokunmaya utanmaktır.

Seven çığlık çığlığayken, sevilen bütün dünyaya sağırdır. İşte bu yüzden aşk kimine kuş tüyünden hafif, kimine ise dünyadan ağırdır...

Aşk yanabilmektir. Sessizce buna dayanabilmektir. Belki söner, belki sönmez, sabırla bekleyebilmektir.

Aşk kaybolmaktır. Ve seni bulabilene teslim olmaktır. Hiç kimse kendinden daha küçük bir yüreği sevmek istemez. Bu yüzden aşk, sevdiğini yüreğinde taşımaktır.

Aşk öyle sağlam bir bağdır ki hiç kimse bu bağı çözebilecek kadar kuvvetli değildir. Birbirini gerçekten seven iki kalp, bazen dünyadan daha kalabalık olabilir. Ve aşkın kökleri öyle derindir ki hiç kimse ne sökebilir ne de yerinden oynatabilir.

Aşk; seviliyorsan yürek yarısıdır, sevilmiyorsan yürek yarasıdır. Hayat hiç kimseyi yalnız bırakmaz. Bir gün biri çıkar karşına, ya tamamlayıcın olur ya da tam anlamıyla acın olur.

Kalp dünyadan geniştir. Ama gerçekten sevenler için sadece iki kişiliktir.

Bu yüzden gerçek aşk, Âdem olana Havva olabilmektir.

HAYAT SÜRPRİZLERLE DOLUDUR, BİLEMEZSİN

Yaşadıkların kolay şeyler değil...

Kırıldığını, üzüldüğünü hatta hayattan ümidini kesmek üzere olduğunu biliyorum. İçinde umuda dair her şeyin öldüğünü ve hiçbir şeyi düzeltemeyeceğini düşündüğünü biliyorum.

Ancak yaşadıkların ne kadar zor olursa olsun, ne kadar içinden çıkılmaz bir hâl alırsa alsın ve sana ne kadar ağır gelirse gelsin bütün kalbinle ve bütün dualarınla sabretmeye devam et. Unutma, en iyisini Allah bilir ve en iyisini Allah verir. Bil ki sabrın başlangıcı acıdır ancak sonu her zaman hayırlıdır.

Sabret! Nasıl ki yeryüzündeki sular buharlaşıp gökyüzünde birikiyor ve belli bir süre sonra yeni ve diri bir şekilde tekrar yeryüzüne yağıyorsa, senin duaların da aynı şekilde semada birikiyor. Ve bir gün tıpkı su damlacıkları gibi dualarının üzerine yağdığını göreceksin. İşte o gün tüm acı ve üzüntülerinden temizleneceksin. Ve her nereye gitmiş olursan ol, kendine geri döneceksin.

Üzülme! Aşka dair kaybettiğin ne varsa bir gün hepsini geri kazanacaksın. O hayallerindeki aşkı bir gün mutlaka bulacaksın. Hem de sadece senin olacak, sadece sana bakacak, sadece seni sevecek. Ve belki de o gün daha önce kırıldığın ve üzüldüğün için şükredeceksin.

Sabret! Hayat sürprizlerle doludur, bilemezsin.

KADINLAR NEDEN KAYBEDİYORLAR?

Neden kaybettiğinizi size anlatayım.

Çabuk güveniyorsunuz.

En büyük hatanız bu! Karşınızdaki insanın kendiniz gibi sevgiye ve aşka bağlı olduğunu düşünüp iyice sorgulamadan kalbinizi ve duygularınızı teslim ediyorsunuz. Size söyledikleri ya da yaptıklarını kolay kabullenip çok çabuk ikna oluyorsunuz. Yanlış bir insana denk geldiğinizde ise üzülen hep siz oluyorsunuz.

Fazla duygusalsınız.

Aşka haddinden fazla kıymet veriyorsunuz. Kalbinizde biriktirdiğiniz sevgiyi doğru ayarlayamıyor, sevdiğiniz insanları haddinden fazla seviyor ve bunu çok belli ediyorsunuz. Karşınızdaki insanlar da zamanla bunları size karşı kullanmaya başlıyorlar. Ve siz kendi duygularınız yüzünden kaybetmeye başlıyorsunuz.

Fazla merhametlisiniz.

Her kadında anne yüreği vardır. Bu yüreği çocuklarına karşı

kullanırlar. Ancak bazı kadınlar bunu sevdikleri adamlar içinde kullanıyorlar. Bu çok büyük bir hata! Ne yaparsa yapsın "nasıl olsa affedeceğini" bilen adam daha rahat ve daha özgür yaşamaya başlıyor. Bu da zamanla sizi üzecek ve size kaybettirecek boyutlara gelebiliyor.

Yaş takıntısı.

Yaşınıza fazla takılıyorsunuz. Sonra da yaşım geçiyor diye düşünüp panik yapıyorsunuz. Bu da zamanla sizi yanlış kararlar almaya ve size yapılan yanlışları görmemezlikten gelmenize neden oluyor. Yaşınıza çok da fazla takılmayın. Çünkü adam olabilen için kadının her yaşı güzeldir.

Kendinizi fazla kaptırıyorsunuz.

Kolay bağlanıyorsunuz ama kolay vazgeçemiyorsunuz. Sizin en büyük probleminiz bu. Haklı olduğunuzda bile ilk arayan, ilk adımı atan siz oluyorsunuz. Karşınızdaki insanların dağıttıklarını toplamak hep size kalıyor. Kalbinizde olanların onların kalplerinde de olduğunu zannediyorsunuz. Nasıl olsa seviyorum deyip her şeyi yapıyorsunuz. Unutmayın ki bu lüksü verdiğiniz her insan bir gün size kaybettirecektir.

Size tavsiyem,

Kimseye haddinden fazla taviz vermeyin. Sizi önemsedikleri kadar onları önemseyin ve sizinle ilgilendikleri kadar onlarla ilgilenin. Size yapılan hatalara karşı fazla merhametli olmayın. Ve bir insanı ne kadar severseniz sevin, asla sevdiğiniz kadar güvenmeyin. Yoksa kaybeden hep siz olursunuz.

KAÇ DEFA ÖLEBİLİR Kİ İNSAN?

Sen bittiği yerden gittiğinden beri, ben hep başladığı yerdeyim. Bir türlü kendimi alıp gidemiyorum.

Her gün aynı günün tekrarını yaşıyorum. Her sabah uyanıp aynı sona başlıyorum. Belki gözlerimi açtığımda sağımda değilsin. Ama şunu bil, solumdan hiçbir zaman gidemeyeceksin.

Yüzümü yıkadığım çeşmeden üzerime giydiğim gömleğe kadar, aile yadigârı dolabımdan ayağıma giydiğim çorabıma kadar her şey hatıralarınla dolu. Sanki baktığım her şey, duyduğum her ses hatta aldığım her nefes seni bana hatırlatmak için var. Aynı anda her yerde olman öylesine tüketiyor ki beni. Seni bu kadar çok sevmiş ve sana bu kadar çok alışmış olmak benim için ölümden farksız olsa gerek.

Biliyor musun hiçbir hatırana dokunamıyorum. Gelen misafirler, evin neden bu kadar tozlu olduğunu soruyorlar.

Ben seni silmeyi hiçbir zaman başaramadım ki...

Evden çıkıyorum. Kokun yürüdüğümüz sokaklara dağılmış. Milyonlarca insan geçtiği hâlde hâlâ taptaze. Her bir kaldırım taşında, her bir dükkânın kapısında, her sokağın başında sanki sen varsın. Her yer mis gibi sen kokuyor. Kalbim yerinden çıkacak gibi. Eğer hızlı hızlı nefes alıyorsam, yorulduğum için değil kokuna kavuştuğum için olmalı.

Parkta oynayan çocukları izliyorum. Bana, gülümsemelerini hatırlatıyorlar. Hepsi utangaç, hepsi masum, hepsi içten, hepsi cıvıl cıvıl... Nasıl da şirinler, nasıl da güzeller tıpkı senin gibi. İzledikçe içim gidiyor.

Aynı heyecanları yaşayabilirdik seninle. Çocuklar gibi mutlu ve neşeli olabilirdik. Bunlara bu kadar yakın olup yaşayamamak, çaresizliklerin en kötüsü olsa gerek.

Yürümeye devam ediyorum. Buralarda yürümek, her saniye seninle beraber olmak gibi. Adım adım seni yeniden yaşamak gibi. Bilirsin, bu sokakların hepsi gözlerine çıkıyor. Yani denize, gözlerinin rengine. Uzun uzun, derin derin izliyorum. İşte en çok da yanımda olmanı istediğim an burası. Ara sıra gelir geceleri de denizi izlerim. Bilirsin, ben seni uyurken de izlemeyi severdim.

Bazen de girsem şu denize diyorum. Bıraksam kendimi, kaybolsam derinliklerinde ve kimse beni bulamasa... Ama yapamıyorum! Çünkü sen varsın yüreğimde. Sen varken nasıl kıyabilirim ki bu cana?

Zaman ilerliyor. Gün yerini geceye bıraktıkça, anılar acılara dönüşmeye başlıyor. Tıpkı sokak lambaları gibi yokluğunun izleri her yere dağılıyor. Karanlık arttıkça sensizliğim de artıyor. Ne kaçabileceğim ne de saklanabileceğim bir yer var. Yüreğimde büyük bir gerginlik, nereye gidebilirim ki her yer sensizlik.

Gece yavaş yavaş çöküyor üzerime. Çöktükçe sürüklüyor beni, sürüklendikçe dağılıyorum, ta ki paramparça olana dek. Nasıl anlatılır ki; sanki büyük bir suç işlemişim de bütün dünya tarafından linç ediliyormuşum gibi. Ya da sanki dünyanın bütün yükü üzerime binmiş de, altında sürekli eziliyormuşum gibi. Geçen her saniye sensizliğin işkencesine maruz kalıyorum.

Ne canımın yangınına dayanabiliyorum ne de canımı yakmaktan vazgeçebiliyorum. Bu trajedinin tarifi yok. Allah'ım sabah olsa da kurtulsam.

Bir insana duyguları eziyet eder mi? Sevmek bu kadar kötü olabilir mi? Ya da bir gecede kaç defa ölebilir ki insan? Tüm bunlar bir bedene fazla değil mi?

Yani uzun lafın kısası, ben her gün ölümle yaşam arasındaki ipte cambazı oynuyorum. Her gece yaşayamadıklarımızla ölürken, her sabah yaşadıklarımızla uyanıyorum.

"Nasıl acımasın ki canım? Seni kendimden bile kıskanıyorken, yokluğunu bütün dünya ile paylaşıyorum."

İllaki cinsellik için mi gelmeli?
Hastalığına gelin.
Derdine gelin.
Özlemine gelin.
Tene dokunmak şart mı?
Gözlerini sevin.
Saçlarını sevin.
Ruhunu sevin.

YÂR OLACAKSAN GEL, YARALAYACAKSAN GELME

Ben mutluluğu yaşayabilmek için çok mutsuz gün geçirdim. Gözlerimdeki aydınlık için çok karanlıklar feda ettim. Güvendiğim insanlar yüzünden çok ağır bedeller ödedim. Yüzümdeki acının izleri ile yaşamayı öğrendim.

Ben bir damla huzur için çok nehirler kuruttum. Bir kez gülümseyebilmek için çok yangınlar soğuttum. Güneşli bir sabah uğruna çok geceler uyuttum. Hatta öyle zamanlar oldu ki adımı bile unuttum.

Demem o ki ben çok zor zamanlar geçirdim. Artık kandırılmak istemiyorum. Mutlu olmaya çalıştıkça ağlamak, mücadele ettikçe yaralanmak istemiyorum. Birine şans verdikçe başa dönmek ve affettikçe ihanet görmek istemiyorum. Çünkü bir ihaneti daha kaldırabilecek güç kalmadı bedenimde. Bir yarayı daha taşıyabilecek yer kalmadı yüreğimde. Bu yüzden bana yâr olacaksan gel, yaralayacaksan gelme.

"Birçok insan bana büyük ders oldu. Ve ben bu sefer dersime çok iyi çalıştım. Olmasa da artık takmıyorum. Çünkü ben kaybetmeye de alıştım."

BİR İNSANI UNUTMAK MÜMKÜN MÜDÜR?

Unutmak mümkün müdür? Bir insanı ve bu insanın bize yaptıklarını unutabilir miyiz? Yeniden hayata başlayabilir miyiz?

Elbette unutabiliriz! Elbette yeniden başlayabiliriz. İnsanın istediğinde başaramayacağı şey yoktur. Yeter ki kendine güvensin, yeter ki artık sevmek istemediğini kabullensin, yeter ki ne zaman ve nereden başlaması gerektiğini bilsin.

Yüreğimizdeki duygusal değişimler bizlerde kalıcı izler bırakabilir. Yaşamış olduğumuz ayrılık, acı ve hayal kırıklıkları bizi gelecekten soğutabilir. Sevdiğimiz ve değer verdiğimiz insanların yalanları ve sahte duyguları bizim diğer insanlardan korkmamıza sebep olabilir. İşte bu gibi olumsuzlukların ileride bize zarar vermesini engellemek için bazı önlemler almak gerekir.

Mesela biten bir ilişkiden sonra da hayatını doğru düzgün yaşamaya devam etmelisin. Sana yara açanı kaçarak unutmaya çalışmamalısın. Kendini yalnızlaştırarak hayattan soğutmamalısın. Mutluluk seni ileride bekliyorken, sen mutsuzluğu beklemeye alışmamalısın.

Güçlü değil misin? Boş ver, zaten güçlü olmak zorunda da değilsin. Elbette acı çekecek ve üzüleceksin. Elbette kaybettiklerin için gözyaşı dökeceksin. Ancak kendini şuna inandırmalısın;

üzülerek de, ağlayarak da bir şeyleri unutabilir ve hayatına devam edebilirsin.

Senin ne istediğin çok önemli! Bu yüzden bir karar vermelisin. Sen onu mu unutmak istiyorsun, yoksa onun sana yaptıklarını mı? Eğer onu unutmaya çalışıyorsan yanlış yoldasın demektir. Onu değil, onun sana yaptıklarını unutman gerekir. Çünkü insanların yaptıkları kalıcıdır, kendileri geçicidir. Ve unutma ki insanlar yaşadıklarıyla değil yaşattıklarıyla akıllara gelir. Onun sana yaptıklarını unutabilmen için öncelikle kendine güvenmen gerekir. Kalbine layık olmayanın aklını da meşgul etmesinin bir önemi olmadığını, kendine güvendikçe onun sende öneminin kalmayacağını ve tekrar yola çıkabilirsen, bu sefer başaracağını kalbine kabullendirmelisin.

Daha sonra ise inancını ve umudunu tekrar geri kazanman gerekir. Hayatın sadece kötülerden ve kötülüklerden ibaret olmadığına, iyi ve dürüst insanların da bu dünyada yaşadığına ve bir gün mutlaka böyle bir insanla karşılaşacağına inanman gerekir. Bu yaşadıklarını sadece senin değil birçok insanın da yaşadığına, bu insanların zamanla yaşadıklarını unuttuklarına ve bu insanların birçoğunun ileride iyi kalpli ve temiz insanlarla mutlu olduklarına kendini inandırman gerekir. Senin de bu insanlardan hiçbir eksiğinin olmadığını ve onlara bu fırsatı veren Allah'ın, sana da bu fırsatı vereceğini unutmaman gerekir.

Ne olursa olsun kendini suçlama. Sen hata yapmadın! Ödediğin veya ödeyeceğin bedellerin, çektiğin acı ve streslerin illaki yanlış bir ilişkinin getirdiği mutsuzluklardan olduğunu sakın düşünme. Bilemezsin, belki de tüm bu yaşadıkların ileride yaşayacağın büyük mutlulukların sınavları olabilir.

Kendini her şeyi unutabileceğine inandırmalısın. Ve asla karamsar olmamalısın. Çünkü karamsar olursan yerinde sayarsın. Ama kararlı olursan bir gün mutlaka hedefine varırsın. Yeter ki olumsuz düşünme ve mücadele edebilecek kararlılığa sahip ol.

Şunu hiçbir zaman unutma, mücadelesine inanç ile başlayıp, sabır ve dua ile devam eden insanlar sonunda hep hayırlısına kavuşmuşlardır.

Şimdi kendine şu soruları sor; sen ona mı layıksın yoksa çok daha iyilerine mi? Gözyaşlarınla mı yaşamalısın yoksa gülümsemelerinle mi? Çektiğin bu üzüntülere değer mi yoksa değmez mi? Hepsini kalben cevapla. Acı da olsa doğruları yakala. Onsuz da bir hayatın mümkün olduğunu ve yaşanılan tüm acıların bir gün son bulduğunu aklından çıkarma.

AŞK DEDİĞİN ŞEY ÖLMEKTİR

Aşk dediğin şey ölmektir bilesin. Ecelini sevdiğine teslim etmektir. Ve her ne kadar yaşamış olursan ol, bir gün kendi içine gömülmektir.

Bir gün birisi gelir sana hayat verir. Filizlenmeye başlarsın. Çiçekler açar baharı yaşarsın. Seninle ilgilenir, seni sever, koklar, sahiplenir. Göğe kadar yükseleceğini ve hiç ölmeyeceğini zannedersin. Ancak gün gelir gözün gibi baktığın çiçeklerin, yine gözün gibi sevdiğin insan tarafından koparılmaya başlar. Çaresizce seyretmekten başka hiçbir şey yapamazsın. Günden güne eksilip azalmaya başlarsın.

Sen kendi içinde ölmeye devam ederken, hayat bulduğun insan bir gün tamamen üzerine basar ve senden geri kalan ne varsa yok edip gider.

Ve sen mezara dönersin.

Daha sonra başka birisi gelir, seni o mezardan çıkarır, sana hayat verir. Ve "Sen iyi ölememişsin." der, o da öldürür. Sevgine, canına kıymet veren yoktur. Herkes seni sende öldürmek için gelir.

Ama diyorum ya; aşk dediğin şey ölmektir, öldürmek değil. Ne zaman ki birisi gelir seni mezardan kaldırmak yerine yanına yatmayı seçer. Ne zaman ki senin için kendinden bile vazgeçer. Ne zaman ki senin canını kendi canına ekler. İşte ona can ver. Çünkü aşktır o, seni canından bile çok sever.

SENDEN ÖĞRENDİKLERİM

Acemiydim.

Hem de birçok şeyi göremeyecek, fark edemeyecek kadar büyük bir acemiydim. İnanmanın sorgulamaktan, güvenmenin şüphe duymaktan daha geçerli olduğunu düşünüyordum. Her aşkın gerçek olduğunu ve her gerçeğin sonsuza dek süreceğini sanıyordum. Hani insan yaşayarak öğrenir derler ya doğru! Seni tanıdıkça ve yaşadıkça senden o kadar çok şey öğrendim ki.

Mesela bir insanın görüntüsünün değil karakterinin düzgün olması gerektiğini, sevdiğin insanın kesinlikle vicdanlı ve merhametli olması gerektiğini, bir insanı hak ettiği kadar umursamayı, asla beklememeyi, asla çok sevmemeyi, doğruları ve yanlışları zamanında görmeyi, acı çekmeyi hatta ölmeyi. Hepsini sayende öğrendim. Bazen hiçbir şey yapmamak da çok şey kazandırabiliyormuş insana, sayende öğrendim. Bazı insanlara ne yaparsan yap yaranamazmışsın ve yaranamadıkça da yaralanırmışsın, sayende öğrendim. Bir insanı hak ettiğinden fazla sevmeyecekmişsin. Eğer hak ettiğinden fazla seversen, hak etmediğin birçok şey yaşıyormuşsun, sayende öğrendim. Bir insana asla çok güvenmeyecekmişsin. Çünkü ne kadar güvenirsen o kadar kullanılıyormuşsun ve ne kadar kullanılırsan o kadar yıpranıyormuşsun, sayende öğrendim. Ve bir insan senden giderse asla onu beklemeyecekmişsin. Çünkü ne kadar beklersen o kadar yalnızlaşıyormuşsun. Ve ne kadar yalnızlaşırsan o kadar ölüyormuşsun, sayende öğrendim.

SENİ UNUTMAK İSTEMİYORUM Kİ

Ara sıra sen krizine giriyorum. Açıyorum yüreğimdeki kaydını, ezber cümlelerini, gülüşünü hatta argo kelimelerini son ses dinliyorum. Gözlerim uzaklara dalıyor ve istemsizce gülümsüyorum. Aslında deli falan değilim, işte bu yüzdendir kendi kendime gülüşlerim.

Geri dönmeyeceğini biliyorum. Bir daha ellerini hiç tutamayacağımı, sana hiç sarılamayacağımı, bir daha gözlerine derin derin bakamayacağımı biliyorum. Etrafımdaki insanların bana bakıp neden sessizliğe gömüldüğümü ve neden bu kadar bitkin göründüğümü anlamaya çalıştıklarını biliyorum. Kimseye anlatamıyorum! Çünkü akıl istesem "Unut!" diyeceklerdir. Ama yapış yapış hayallerin varken üzerimde nasıl unutabilirim ki seni? Zaten unutmak isteyen için kolaydır unutmak. Ben seni unutmak istemiyorum ki...

Her şeye rağmen sensizlik zor... Dört bir yanım hüzün. Artık umutlarımın sonbaharındayım. Sanki yaprak yaprak dökülüyor her hayal üzerimden. Yaşadıklarımızın bir bir gidişini izliyorum. Tutabildiklerimi yaşıyorum ve tutamadıklarımı da senin yaşadığını çok iyi biliyorum.

"Alnımda kaderinin mührü olmalıydı, sırtımda parmak izlerin değil."

EN GÜÇLÜ İNSAN ALLAH'A SIĞINMIŞ İNSANDIR

Kıskanılacaksın! Fesat insanlar dedikodunu yapacak, arkandan planlar kuracak ve sana iftira atacaklar. Kendilerinin ulaşamadığı yerlere geldiğini gördüklerinde, hasetlerinden kuduracak ve seni acımasızca karalamaya çalışacaklar. Ama sen yine de sabret çünkü Allah çok adaletlidir... Sana çamur atmaya çalışanlar, bir gün o bataklığa kendileri saplanacaklar. Seni rezil etmeye ve karalamaya çalışanlar, bir gün kendileri rezil rüsva olacaklar. Seni üzüp, kandırıp, ardına bile bakmadan kaçıp gidenler, bir gün senden helallik alabilmek için sürünerek geri gelecekler. Seni kötü emellerine alet etmeye çalışanlar, kötü emelleri yüzünden yüzüne bile bakmaya utanacaklar.

Üzülme! Kim hakkında ne planlar kurarsa kursun, Allah herkesin planlarını bilir. Ve hiç kimsenin planı Allah'ın planından güzel ve etkili değildir... Eğer kötülüklerden korunmak istiyorsan Allah'a sığın. Çünkü en güçlü insan Allah'a sığınmış insandır. Allah koruyucudur. Kendine sığınmış insanları asla yalnız bırakmaz. Ve unutma bir insan Allah'a tam anlamıyla güvenmişse, o insan asla yarı yolda kalmaz...

SEV GİTSİN

Bir insanı sevmek kolay, bunu başkalarına anlatabilmek ise oldukça zordur. Aşkın sende bıraktığı izleri, anlamları, karmaşayı, o duygusal yoğunluğu ve aşktan beklentilerini birileri ile paylaştığın zaman, karşındaki insanlar tüm bunları yaşadıkları ile kıyaslıyorlar. Senin ne kadar sevdiğini ve aşktan ne kadar etkilendiğini anlayamıyorlar. Yani sen kendi hikâyeni anlatıyorsun ama onlar kendi hikâyeleri ile cevaplıyorlar.

Mesela sen onun için delirirken, "Aklın varsa sevme." diyecekler. Bir kalbin olduğunu ve birine deli gibi tutulduğunu, sana aklın değil aşkın lazım olduğunu hesap etmeyecekler. Ya da kalbin küçücük bir umuda dünyaları sığdırabiliyorken, "Bu aşk sana fazla gelir." diyecekler. Aşkını, duygularını ve sevgini küçümseyecekler. Sen onunla gökyüzünde yürümeye razı olacaksın ama onlar seni "düşmekle" korkutmaya çalışacaklar. Cesaretini göremeyecekler, sürekli kendi yaşadıkları korkaklıkları örnek gösterecekler. Sevmek kadar güzel bir şeye seni layık görmeyecekler.

Ama sen sen ol kimseyi dinleme. Hazır daha hayattayken, her şey yolundayken, yolun daha başındayken, sev gitsin.

"Aşk, seni senden başka hiç kimsenin anlamamasıdır..."

RUHUN YARASI İYİLEŞMEZ

Seveceğin insan mutlaka karakterli bir insan olmalı...

Çünkü birini çok sevdiğinde, önünde olası iki seçenek olacaktır. Ya onun avısındır ya da baş tacısındır. Hangisi olacağın ise onun karakteri ile alakalıdır.

İnsan her zaman en sevdiklerinin ya da en güvendiklerinin izlerini taşır. Mesela senin bedeninde bir yabancıya ait yara izi var mı? Şöyle bir bak yaralarına, hepsinin altında en sevdiklerinin imzalarını göreceksin.

Her insan biraz yara almıştır. Çünkü her insan mutlaka biraz sevmiş ya da biraz inanmıştır. Her yara da aynı değildir. Bazı yaralar ufak tefektir, bir özür ile iyileşebilir. Ancak bazı yaralar o kadar derindir ki gözle görmek mümkün değildir. Sana baktıklarında güçlü görünüyorsundur. Ancak içten içe ölüyorsundur, kimse fark etmez. Bazı insanlar yaralansalar da sevmekten vazgeçmezler. Çünkü onların sevdiklerinden başka hiç kimseleri yoktur. Bütün hayatları boyunca tek bir yüreğe tutunmuşlardır. Ve o yürek onlar için ilk ve sondur.

Eğer böyle bir insan tarafından seviliyorsan, kesinlikle onu üzme, yıpratma, hayata küsmesine sebep olma. Çünkü onun senden başka ne gidebileceği ne de iyileşebileceği hiç kimsesi yoktur. Senin onu üzmen demek, sahip olduğu her şeye zarar vermen demektir...

Unutma; bir insana sürekli yalan söylemek onu oyalamak demektir. Bir insanın sevgisini kullanmak ise o insanın ruhunu yaralamak demektir. Sen sen ol, hiç kimseyi boş yere oyalama ve hiç kimsenin ruhunu yaralama. Bil ki bedenin aldığı yaralar iyileşir. Ama ruhun aldığı yaralar asla!

Hayatını mahvetmek istemiyorsan, hayatım diyeceğin insanı çok iyi seçmelisin. Bir insan tarafından daha yaralanmak ve kullanılmak istemiyorsan, yaralarını çok iyi ezberlemelisin. Ve yaşadığın acılardan ders çıkarıp sahip olduğun sevgiyi ve güveni sadece hak edebilenlere vermelisin.

Lakin öyle karamsarlığa düşmeye, bir daha kimseye güvenemeyeceğini düşünmene de gerek yok. Çünkü her insan aynı karakterde değil. Dünya kötü insanlara sahip olduğu kadar, iyi insanlara da sahip... Unutma ki seni yaralayan insanlar varsa, yaranı saracak olan insanlar da var. Seni yaralı bırakıp giden insanlar varsa, yaralarınla kabul edecek insanlar da var. Yeter ki sen, seveceğin ve güveneceğin insanları karakterlerine göre belirle...

"Sende yara açanları, yaralayıp kaçanları ve seni yaralarınla kucaklayanları asla unutma!"

AKLINA BEN GELEYİM

Bir gün birini çok sev. Ama çok sev!

Onsuz hiçbir şey yapama. Mutluluğu için çırpın. Gözün ondan başka hiç kimseyi görmesin. Onun için herkesten ve her şeyden vazgeç.

Seni küçük görsün, kıskandırsın, aşağılasın hatta aldatsın. Ne yaparsa yapsın affet. Tüm hatalarını, bahanelerini, yalanlarını kabul et. İstediği her şeyi yap. Öyle çok sev ki delir onun için delir!

Ve bir gün, gözlerinin içine bakarak, hem de umursamaz ve lakayt bir tavırla "Ben ayrılmak istiyorum." desin. Sevgini, mücadelelerini, emeklerini, onun için yaptıklarının hiçbirini umursamayarak çekip gitsin... Üzüntüden yataklara düş. Yemek yiyeme, kimseyle konuşma. Ara, sor yanına git, barışmak için her yolu dene. Gururunu ayaklar altına alıp haklı olduğun hâlde af dile. Ama ne yaparsan yap sana geri dönmesin. Ve sen, karanlık odanda, bir başına, çaresizce, gözyaşların arasında "Ben bunları hak etmedim." diye düşünürken, aklına ben geleyim!

KADER AŞKIN GÖLGESİDİR

Bizler yolcuyuz, kader de bizim yolumuz. Bazen yol bozulabilir ya da yolda engebeler olabilir. Bu da ilerlemek için daha çok mücadele gerektirir. Pes etmek ya da vazgeçmek hep o bozuk yolda kalmak demektir. Bize düşen ise yol düzelene kadar sabırla ilerlemeye devam etme gayretidir.

Kadere isyan edilmez. Bil ki ömür biter kader bitmez, kalem tükenir kader tükenmez. Her zaman hakkında hayırlısını iste. Çünkü Allah sevdiği kullarına hayırlı olandan başkasını vermez... Kaderini sev ve sahiplen. Çünkü kaderi sevmek, kaderi sana nasip edeni sevmektir. Kaderi sahiplenmek ise Allah'ın sana sunduklarına razı gelmektir. Unutma, kaderini seveni Allah da sever. Kaderine isyan eden ise kendi kaybeder.

Kader çok kuvvetli bir çizgidir. Eğer bir insan, dağları yerinden oynatsa bile kaderinse senindir. Ama yerle göğü birleştirsen dahi kaderinde yoksa sadece misafir...

Kader aşkın gölgesidir. Nereye giderse gitsin hep peşindedir. Hiçbir insan yoktur ki onu atlatabilsin. Ya da hiçbir insan yoktur ki onu aldatabilirsin.

Unutma; kalp dediğin aşka, aşk dediğin ise kadere mahkûmdur. Ve her insan kaderi karşısında fazlasıyla mazlumdur.

Birini çok sevmek ve onun için mücadele etmek, mutlu olmak için yeterli değildir. Çünkü bir insanı ne kadar seversen sev, o sevdiği kadarını alacak. Ve ne kadar mücadele edersen et, o kaderin kadar senin olacak. Ancak karamsar olmaya da gerek yoktur. İçtenlikle ve samimiyet ile yapılmış dualar, yüreğini de, kalbini de hatta kaderini de temizleyebilir.

Herkesin kaderi ayrı yazılmıştır. Ancak her ne kadar ayrı yazılmış olursa olsun, aşk iki yüreği birleştirebildiği gibi iki kaderi de birleştirebilir. İki insan gerçekten birbirlerini sevmişlerse kaderleri kapılarını açabilir. Eğer yürekleri ile kaderleri birbirlerine yakınsa yaşayacakları aşk dillere destan olabilir.

Eğer güzel bir kader istiyorsan, Allah'a dua et ve de ki;

"Allah'ım öyle birini çıkar ki karşıma, önce aşk diye kalbime yazılsın, sonra kader diye alnıma."

"Eğer bir insan kaderinse; okyanusta iki damla olsanız da kavuşursunuz, çölde iki kum tanesi de. Eğer kaderin değilse; kavuşmanız imkânsızdır, gölgeleriniz bile birbirine değse..."

İNCE RUHLU KADINLAR

Bazı kadınlar ince ruhludur.

Mesela çabuk kırılır, zor düzelirler. Kimseye kolay kolay güvenmez, hep şüphecidirler. Gülümsemeyi severler ve bir o kadar da nazlıdırlar. Duyguları da ruhları gibi ince olduğundan mutluluklarını ve üzüntülerini saklayamaz, belli ederler. Karşılarındaki insanlara karşı çok ilgilidirler. Ama aynı şekilde sevildiğini bilmek ve ilgi görmek de isterler. Asla hataları affetmezler ve kimseye yeni bir şans vermezler. Yani demem o ki zor kadınlardır... Ama öyle bir severler ki o incelikte kaybolursun. Mutluluk anlayışın değişir, sanki dünyaya hükümdar olursun. Annenden dahi görmediğin şefkati onda bulursun. Sonsuza dek yaşamak ister, ölümü dahi unutursun. Hatta öyle ki, böyle bir kadın tarafından seviliyor olmak, senin bu dünyadaki en büyük zaferin olacaktır.

Eğer böyle bir kadına denk geldiyseniz, onu asla bırakmayın. Çünkü sizin için o kadar çok mücadele eder ve sizinle o kadar çok ilgilenir ki; onu bir gün kaybettiğinizde, yokluğunu ömür boyu hissedersiniz...

Dedim ya bazı kadınlar ince ruhludur azizim. Ama bil ki o incelik, sen çabucak kırabilesin diye değil, sen asla kırılma diyedir. Ve sen sen ol, böyle bir kadının kıymetini bil.

EVET UNUTUYORUM!

İlk zamanlar çok zordu.

Sen son cümleni söyleyip arkanı dönüp gittin. Hiçbir şey umurunda bile değildi. Acı, üzüntü, keder, hayal kırıklığı, ne varsa senin için orada bitmişti. Ama benim için daha yeni başlıyordu. Sen gittikçe ve ben senden sensizliğe doğru düştükçe kendimi acının kucağında buldum. Gidişin benim için yangındı, beni alevlerin ortasında bırakmıştı. Her gün, her gece yandım.

O kadar acıdı ki canım, uzunca bir süre acıdan başka hiçbir şeyden tat alamadım. Öyle bir yangındı ki söndürmek imkânsız, kurtulmak imkânsız, yanmamak imkânsızdı... Baş edemedim. Önce eğildim, sonra düştüm, sonra süründüm. Acının her türlüsünü gördüm. Dağıldım, parçalandım ve küle döndüm. Ve en sonunda çaresizce kendi küllerimi zamana gömdüm. Zaman senden daha merhametliydi!

Önce beni tekrar filizlendirdi, tekrar birleştirdi ve yavaş yavaş iyileştirdi. Bu yangınla nasıl yaşamam gerektiğini bana öğretti. Umudumu ve inancımı tekrar geri kazanmamda bana çok yardım etti. "İyi ki zaman diye bir şey varmış." Dedim ya ilk zamanlar çok zordu. Ama sonra yavaş yavaş alışmaya ve kabullenmeye başladım. Aşkın içerisinde mutlu olmak kadar acı çekme ihtimalinin de olduğunu, ne olursa olsun insanın kaderini yaşayacağını ve kaderinde olmayanın bir gün mutlaka gideceğini daha iyi anlamaya başladım.

Hâlâ canım yanıyor yanmasına ama artık acılarımı kontrol edebiliyorum. "Olacağı varmış." deyip yaşadıklarımı kabullenebiliyorum ya da yanlış kararlar verdiğimi düşünüp "Acemilikti işte." diyebiliyorum.

Hiçbir şey eskisi gibi değil. Acaba kimle, acaba nerede, acaba ne yapıyor gibi acaba ile başlayan cümleler kurmuyorum artık. Aklımla düşünebiliyor ve mantığımla kalbimi yönetebiliyorum. Artık gerçekleri görebiliyorum ve eskisi kadar hayalperest yaşamıyorum. Öfkem, kırgınlıklarım, kızgınlıklarım, beni yoran ve yavaşlatan ne varsa bitti sayılır. Eskisi kadar karamsar da değilim. Hatta geleceğime dair planlar yapmaya başladığımı da söyleyebilirim. Önceden mutlu insanlar gördüğümde sana olan öfkem katbekat artardı. Sinirlenir, üzülür, daha da çok içime kapanırdım. Ancak şimdi mutlu insanlar gördükçe mutluluğa inanmaya başladığımı hissediyorum. Artık yeniden mutlu olabileceğime inanıyorum.

Velhasıl; unutmak nedir, nasıl anlatılır bilmiyorum. Ancak tüm bunlar bir insanı unutmak sayılıyorsa. Evet, ben seni unutuyorum.

"Unutma; acının en çekilmez hâli, unutmaya başlamanın ilk adımıdır."

SEVMİYORSA UZAKLAŞ

Bir insanı ne kadar seversen sev, ne kadar özlersen özle, yokluğu sana ne kadar acı verirse versin, eğer senin için mücadele etmiyorsa, seni koruyup gözetmiyorsa, senden çıkar ve menfaat bekliyorsa, verdiği sözlerden geri dönüyorsa, o insandan bir an önce uzaklaş. Canın ne kadar yanarsa yansın, senin için ne kadar vazgeçilmez olursa olsun, hayatının kalanını mahvetmemek için o insandan uzaklaşmalısın...

Seven insan sevdiğinin aldığı nefesi dahi önemser. Sevmeyen için önemsenebilecek hiçbir şey yoktur. Seni her şeyinle kabul edecek bir insanı sevmek varken, senin hiçbir şeyini kabul etmeyen bir insanı sevmeye devam etmek, hayatın boyunca üzülmekten başka bir şey değildir. Eğer yaşadıkların seni zor bir seçim yapmaya mecbur etmişse seçmen gereken şey kalmak değil gitmektir. Çünkü bir insan seni sevmiyorsa, onu unutmaya çalışmak, onunla mutsuz yaşamaya çalışmaktan daha iyidir...

Unutma; ne hayat hayırsız bir insanın peşinden koşulacak kadar ucuz ne de sen böyle bir insana layık olabilecek kadar kalitesizsin. Geleceğini tek bir insanın insafına bırakmak yerine daha doğru seçimlerle kendin belirleyebilirsin.

GİT ARTIK!

Merak ediyorum!

Söylesene hangi çabam sana eksik geldi? Senin için yapmadığım ne kaldı ki? Her şeyini kabullendiğim ya da seni bu kadar çok sevdiğim için mi suçlu oldum? Senin için yaşadıklarımı ve savaştıklarımı görmüyor musun? Hadi diyelim ki gaddarsın, vicdanın sızlamıyor. Peki, Allah'tan da mı korkmuyorsun?

Üzülmüşüm, kırılmışım, hayal kırıklığına uğramışım, bana ne olmuş hiçbiri umurunda bile değil. Senin bu umurunda olmayanlar benim uykularımı kaçırıyor haberin var mı?

Yok sıkıyormuşum, yok bunaltıyormuşum, yok bilmem ne. Sen şuna sevmedim desene! Bir gün neden dediklerinde, ben "Sevdim." der çıkarım işin içinden. Peki, sen nasıl vereceksin hesabını? Sana "Seni seven bir insanı neden kandırdın?" dediklerinde yüzün hiç kızarmayacak mı?

Git artık!

Gözlerimden, gerçeklerimden, yüreğimden git!

Hayallerimden, bedenimden, hatta bence sen benden tamamen git artık!

"İş işten geçmeden önce kıymet bilmeyi öğrenin. Çünkü daha sonra ağzınızla kuş tutsanız bile nafile."

YANILIYORSUN!

Onun için değmediğini anlaman için daha ne yaşamalısın?

Daha ne kadar üzüleceksin?

Daha ne kadar acı çekeceksin?

Daha ne kadar kendi geleceğinden vazgeçeceksin?

Ağladın, yıprandın, o kadar şey yaşadın, ne değişti?

Üzülerek ya da kendini iç dünyana hapsederek kurtulabileceğini sanıyorsan yanılıyorsun.

Gerçekleri kabullen artık. Boş hayallerle, boş umutlarla kendini daha fazla heba etme. Seni umursamayan birini neden hâlâ anıyorsun? Seni hiçe sayandan hâlâ değer mi bekliyorsun? Seni geride bırakan, ileride bekler mi sanıyorsun? Yanılıyorsun!

Unutma, hayat sana başka fırsatlar da sunacaktır. Eğer bu fırsatları da kaçırmak istemiyorsan; bir an önce şu yaşadıklarının muhasebesini yapmalı, içinde tuttuğun olumsuz düşüncelerden kurtulmalı, kendin için en doğru kararları almalı ve yepyeni bir gelecek için yeniden başlamalısın.

MORALİNİ BOZMA!

Seni eksik bırakıp gidenlere üzülme. Karamsarlığa düşüp kötü şeyler düşünme. Senin kalbin baş üstünde taşınmaya layıkken, değmeyen insanlar için yerlere düşürme.

Sabırlı ol! Bil ki senin olanı kimse senden alamayacak. Senden çaldıklarını düşündükleri onların hiçbir işine yaramayacak. Ama senin eksikliklerin bir gün senin kadar temiz biri ile muhakkak tamamlanacak.

Moralini bozma!

Hayat devam ediyor. İnan bana her yara iyileşiyor, her acı silinip gidiyor. Hiçbir şey kalıcı değil ki her dert bir gün bitiyor. Acıymış, gözyaşıymış, hayal kırıklığıymış hepsi geride kalıyor. Bitmez dediğin her üzüntü bitiyor. Düzelmez dediğin ne varsa düzeliyor. Ve gün geliyor, insan yeniden inanmaya ve yeniden mutlu olmaya başlıyor.

"Tasalanma! Her ne kadar yaşadıkların seni derinden üzse de, henüz yaşamadığın mutlu sonların var. Sabret!"

MİSAFİR AŞKLAR

Biz aşkı ustalarından, Yeşilçam'dan öğrenen insanlarız. Bizim için aşk; Hülya'nın Ediz'e, Gülşen'in Tarık'a, Türkan'ın Kadir'e bakışlarıydı. Münir'in Adile'ye sarılışı, Şener'in ne olursa olsun Ayşen için mücadeleyi bırakmayışıydı. Onlar sayesinde sevginin, özlemenin, kavuşmanın, mücadele edebilmenin ne kadar büyülü olduğunu gördük. Bir insanın sevdiği için neler yapabileceğine, imkânsızların dahi nasıl dize getirildiğine şahit olduk. Onları izledikçe menfaatsiz ve tertemiz aşkların hayalleriyle büyüdük. Hangimiz kendimizi onların yerine koymadık ki...

Ve bir gün aşk kapımızı çaldığında; biz Türkan olursak karşımızdaki de Kadir olacak sandık. Filmlerdeki gibi *"Mutlu Son"* olacağına inandık. İşte orada yanıldık! Gelenler ne Kadir'diler ne de kadir kıymet bildiler. Sever dedik sevmediler, gitmez dedik gittiler, gelir dedik gelmediler... En sonunda anladık ki onlar aşk değil sadece misafirdiler.

"Aşk masal değil ki hep iyiler kazansın."

Tek dileğim,
Allah kalbine vicdan versin.
Ve her gece,
bana yaptıkların aklına
gelsin...

ÜZÜLME, ALLAH BÜYÜKTÜR!

Yüreğini yaktılar!

İyi niyetini, sevgini, merhametini kullandılar. Tıpkı bir şeytan gibi aşkın suretine büründüler. Seni seviyor, ilgileniyor ve önemsiyormuş gibi davranarak kendilerine yakınlaştırdılar. Ve kendi menfaatleri için seni sürekli kandırdılar. Aşka olan inancını hiçe sayıp, duygularınla oynadılar. Sen onlara içinde bir cennet vadettin ama onlar seni kendi cehennemlerine attılar. Ne kadar üzüleceğini, ne kadar acı çekeceğini ve sonunda sana ne olacağını hiç umursamadılar. Üzdüler, kırdılar, rol yaptılar... Kendilerince her şeyi hesapladıklarını sandılar. Ama Allah'ın büyüklüğünü unuttular.

Onlar unutmuş olsalar da, sen sakın unutma!

Allah öyle büyüktür ki; istediği an dünyayı yerinden oynatır. İstesin diriden ölü, ölüden diri bile çıkarır. Hiç üzülme! Yaptıkları yanlarına kâr kalmayacak. Allah bir gün onlara muhakkak kendini hatırlatacak. Seni kandıran ve kullanan herkesten bir gün bunların hesabını soracak ve bu hesabı sormaya gücü yeten Allah, bir gün seni de mutluluğa kavuşturacak. Sabret!

ŞİMDİ SANA HER ŞEYİN DÜZELECEĞİNİ SÖYLESEM BANA İNANMAYACAKSIN

Biliyorum, inancını yitirmek üzeresin.

Yaşadıkların seni öyle bir hâle getirmiş ve seni öyle derinden etkilemiş ki; bir daha hiç gülümseyemeyeceğini, bir daha hiç mutlu olamayacağını zannediyorsun. Her şeyi o kadar boşlamışsın ki; kendine hiç bakmıyor, kimseyle konuşmuyor ve kimseyi yanında istemiyorsun. Kafanda kurduğun kara senaryolarla ve boş kuruntularla kendini yiyip bitiriyorsun. Kendine eziyet ediyorsun...

Şimdi sana her şeyin düzeleceğini söylesem, bana inanmayacaksın. Tekrar gülümseyeceğini, tekrar heyecanlanacağını, tekrar mutlu olacağını söylesem, seninle dalga geçtiğimi düşüneceksin... Peki, neden olmasın?

Söylesene, Allah hangi kuluna sonsuza dek acı vermiş ki? Bu kadar temiz bir kalbe sahipken ve Allah'a inancın tamken, sana neden yeni bir hayat vermesin ki? Kötü insanların bile kötülüklerine sabredebilen Allah, iyi insanların dualarını neden kabul etmesin ki? Sayısız yıldızı göğe serme kudretinin sahibi olan Allah'ın, senin kaderini güzelleştirmeye ve sana yeni bir şans daha vermeye gücü yetmez mi?

Umudunu kaybetme! Her şey düzelecek... İyi bir insan olarak yaşamaya devam ettiğin sürece mutluluktan kaçsan dahi seni yine bulacaktır. Çünkü Allah, iyi ve temiz kullarını mutlaka ödüllendirir.

Başarabilirsin! Her şeyi geride bırakabilirsin. Yeniden ayağa kalkabilirsin. Kendin için, geleceğin için yeniden doğabilirsin. Kim seni aşağı çekerse çeksin, kim sana acı verirse versin, hepsine inat yeniden hayata tutunabilirsin. Hayata yetişmelisin. Çünkü her şeye rağmen hayat devam ediyor. Güzel şeyler düşün, güzel şeyler hayal et ve Allah'tan güzel şeyler iste. Yarınların çok daha güzel olacağını aklından ve kalbinden çıkarma. Ve her ne olursa olsun kendini şuna inandır: **Bir gün her şey düzelecek.**

Sen yeter ki mutlu olmak iste, yeter ki bu kötü günlerin biteceğine inan. Yeter ki mücadelenden hiçbir zaman vazgeçme. Ve olumsuz her türlü düşünceyi aklından uzaklaştır. Unutma, Allah merhametlidir. Sen tekrar mutlu olmak istedikten sonra, buna neden izin vermesin ki?

Şunu hiçbir zaman aklından çıkarma; kim giderse gitsin, yalnız değilsin. Sana kim sırtını dönerse dönsün korkma. Çünkü seni hiçbir zaman terk etmeyecek Rabbin var, unutma...

"Sakın vazgeçme! Allah seninleyken, pes etmek sana yakışmaz."

AYNI GÖZLE FARKLI GÖRMEK...

Aynı değildik. Zaten aynı da sevemedik. Sevmekle bundan sebeplenmek arasında gidip gelen bir seviyedeydik. Aşka bakış açılarımız, mutluluk anlayışlarımız, gayretlerimiz, çabalarımız, her şeyimiz çok farklıydı. Sanırım biz aynı gözle farklı görüyorduk...

Ben mutlu olmanın, o ise bunu kullanmanın derdindeydi. Ben hep sevgimi ön planda tutarken, o hep menfaatlerini ön planda tutuyordu. Ben onun iyiliğini isterken, o hep kötü emeller peşinde koşuyordu. Ve aşka olan inancım da, o beni kandırmaya çalıştıkça azalmaya devam ediyordu...

Gün geçtikçe aşkın yerini alışkanlıklar almaya başladı. Artık onu gördüğümde eskisi kadar heyecanlanmıyordum. Söylediklerine üzülmüyor ya da mutlu olmuyordum. Şundan o kadar eminim ki ilişkimizden çıkarlarımızı çıkarsak, ondan geriye hiçbir şey kalmayacaktı. Zaten hiç benim olmamış birinde daha fazla kalamazdım...

İşte o an bir karar verdim. Ondan vazgeçtim. Bir daha böyle birini sevmeyeceğime yemin ettim. Ve gittim...

O GÜN YANIMA GEL!

Derler ki bu dünyada hiçbir şey karşılıksız kalmaz. Yazın kışı, mutluluğun acısı, gecenin gündüzü, yaşamın ölümü... Her şeyin mutlaka bir karşılığı vardır. Ve bir gün herkes yaptıklarının karşılığını mutlaka yaşayacaktır.

Eğer gerçekten her şeyin bir karşılığı varsa; demek ki bir gün sen de benim seni sevdiğim kadar birini seveceksin, seni özlediğim kadar birini özleyeceksin, sen de aynı yollardan geçeceksin ve sen de aynı acıları çekeceksin.

Demek ki sen de benim gibi için için yanacak, gözyaşların bitinceye kadar ağlayacak, kendi nefesinde boğulacaksın. Demek ki bir gün sen de benim sana inandığım gibi birine inanacak, senin beni kandırdığın gibi biri seni kandıracak, çaresizliğin ve aldatılmışlığın nasıl bir şey olduğunu anlayacaksın. Demek ki bir gün mutlaka sen de benim gibi en sevdiğin insan tarafından paramparça olacaksın.

Acelem yok, sabırla bekleyeceğim. O günler geldiğinde yanıma gel olur mu? Sayende senden daha tecrübeliyim. Bir insanın ölmeden nasıl bunların üstesinden gelebileceğini sana öğreteyim.

ASLA KENDİNİ KAYBETME!

Neden bu kadar karamsarsın?

Neden başaramayacağını düşünüyorsun?

Neden kendine güvenmiyorsun?

Bugüne kadar kendi başına ilerleyebildiysen bugünden sonra da kendi başına ilerleyebilirsin. Sen aciz değilsin! Kimseye muhtaç olmadan bugünlere gelebildiysen, bugünden sonra da kimseye muhtaç olmadan yaşayabilirsin. Unuttun mu? Sen ne badireler atlattın, ne olmaz denilen şeylerle savaştın, bu sorunların da üstesinden gelebilirsin.

Şunu kabullen; ne gidene, ne gitmek isteyene, ne de sana sırtını dönene, senin kendinden başka hiç kimseye ihtiyacın yok. Çünkü bir sorunun varsa, onun ne olduğunu ve nasıl çözülmesi gerektiğini en iyi bilen sensin.

Bu yüzden başkalarından medet ummak yerine, bir an önce kendini geri kazanmalı, kendine tekrar güvenmeli ve daha güzel bir gelecek için kendine yardım etmelisin.

Unutma, kendinden başka hiç kimseden fayda göremeyeceksin. Sen sen ol, asla kendini kaybetme.

"Kendini kaybetmiş bir insan, her şeyini kaybetmiş bir insandır."

GERÇEKÇİ OL!

Gerçekçi ol! Çünkü hayat hayallerin kadar masum değil. Karşına çıkacak her insan senin kadar iyi niyetli olmayabilir. Bazen bir bakış, bir dokunuş, bazen de bir gülümseme yanılmana ve yanlış kararlar almana sebep olabilir. Mesela; senin hayallerin paha biçilmez olsa da, kalbini kaptırdığın insanın gerçekleri beş para etmiyordur. Mutluluğa ihtiyacın olduğu anlarda ilaç gibi görünüp virüs gibi yayılır tüm vücuduna. Sarsılırsın, beklentilerin gerçekler karşısında dağılır gider. Hayallerinin tek tek çiğnenişini izlersin. Ve gün gelir hayallerinin kahramanı, hayatının kâbusu olmaya başlar...

Gerçekçi ol! Çünkü hayaller insanı yanıltabilir. Kusursuz oldukları için hayatına alacağın insanı da öyle zannetmene sebep olabilir. Üstelik yüzlerce hayal tek bir gerçek etmez. İnsan akıllıysa olanı olmayana değişmez.

Unutma, geçici olmak istemiyorsan seçici, üzülmek istemiyorsan da gerçekçi olacaksın. Hayat oyun değil, ne başkalarıyla oynayacaksın ne de kendinle oynatacaksın...

SONRASI ALLAH'A EMANET

İnsanlar sana hangi kötülüğü yapmaya çalışırlarsa çalışsınlar, seni kullanmak, yenmek ya da yok etmek için hangi planları kurarlarsa kursunlar, Allah'a sığınmışsan, kendini ve geleceğini Allah'a emanet etmişsen korkma. Hiçbir kötülük ya da hiçbir şeytani plan Allah'ın himayesinde olanlara dokunamaz ya da zarar veremez, bunu aklından çıkarma.

Ne yaşarsan yaşa, Allah'ın saflarında yer alıyorsan eğer, bir gün Allah'ın karşısında duranlara karşı galip geleceğini unutma. Onlar arkandan kuyunu mu kazmaya çalışıyorlar? Korkma! Allah sana Hz. Yusuf sabrı verecektir. Yüreğini cayır cayır yakmaya mı çalışıyorlar? Korkma! Allah sana Hz. İbrahim inancı verecektir. Önünü ya da yolunu kesmeye mi çalışıyorlar? Korkma! Allah sana Hz. Âdem gayreti verecektir. Onlar ne yaparlarsa yapsınlar, sen dua üstüne dua biriktir. Allah'a güven ve sakın korkma! Çünkü Allah senin dualarını da Hz. Nuh'un duaları gibi kabul edecektir.

Yeter ki sen her şeyi düzeltebileceğine ve tüm bu olumsuzluklardan kurtulabileceğine inanarak mücadele etmeye devam et.

Sonrası Allah'a emanet...

"Geleceğini Allah'a emanet edersen Allah yolunu da, sonunu da hayırlı eyleyecektir. Unutma, Allah hayır verenlerin en yücesidir."

KAYBETTİKLERİNLE DEĞİL SAHİP OLDUKLARINLA İLERLE

Senin en büyük hatan ne biliyor musun?

En güzel yıllarını değmeyen insanların bıraktıkları acılarla heba ediyorsun. Kendini yaşadıklarına hapsediyorsun ama daha yaşayabilecek uzun bir zamanın olduğunu unutuyorsun. Boş karamsarlıklarla ileride yaşayabileceğin muhtemel güzelliklerin önünü daha şimdiden kesiyorsun. Sona ermiş bir geçmiş yüzünden, daha başlamamış geleceğine zarar veriyorsun.

Evet, canın yandı. Ama canın yandı diye hemen isyan edeceğine, onda da bir hikmet aramalısın. Allah'ın seni denediğini ve sınavda olduğunu unutmamalısın. Unutma, canın ne kadar çok acısa da bu senin kötülüğün için değildir. Zaten Allah en büyük hikmet sahibi değil midir? Eğer canının yanmasına izin verdiyse ateşin acısını öğrenmen ve bir daha o ateşe yaklaşmaman içindir.

Hayatını geri kazanmak istiyorsan bazı şeyleri geride bırakmayı öğrenmelisin. Düştüğün yerden kalkmak istiyorsan geleceğine daha çok güvenmelisin. Ve daha hızlı yol almak istiyorsan eğer, kaybettiklerinle değil sahip olduklarınla ilerlemelisin.

"Acılarını geçirecek bir ilaç arıyorsan eğer, avuçlarına dualar sürmelisin. Çünkü dua en büyük şifadır. Ve unutma, Allah kendine samimiyetle açılan elleri asla geri çevirmez."

HAYATA SABREDİN, HAYATINIZDAKİLERE DEĞİL

Sabretmek, size yapılan haksızlıklara tahammül etmektir, size bunları yapanlarla hayatınıza devam etmek demek değildir.

Eğer hayatınızdaki olumsuzlukların azalmasını istiyorsanız; sabrın ne demek olduğunu ve nelere sabredip nelere dur demeniz gerektiğini iyice öğrenin. Yaşadığınız her olumsuzluğa Allah'tandır deyip, kabullenip, sabrettiğinizi zannetmeyin.

Mesela bir insan canınızı acıttıysa, canınızın acısına sabredin. Ama canınızı acıtan insanı da bir an önce terk edin. Hayatınızda kötü gelişen olaylara, maruz kaldığınız haksızlıklara ve başarısızlıklara sabredin. Ama bu kötülükleri hayatınıza getiren insanlara da daha fazla tahammül etmeyin. Size hata yapanı hayatınızdan çıkarmayı ve size zarar veren insanlarla bağlarınızı koparabilmeyi öğrenin.

Unutmayın; Allah sizi kötü insanlarla deneyebilir. Ancak bu insanları hayatınızdan çıkarmak ya da hayatınızda tutmaya devam etmek sizin elinizdedir. Kararlı olun! Korkmayın, şüphe duymayın. İnsanın hayatını düzene sokabilmek için düzensiz insanları hayatından uzaklaştırmak için verdiği mücadele, ne isyan demektir ne de günah demektir. Çünkü sabır Allah'tan gelenedir, kuldan gelene değil...

"Sabredecekseniz hayata sabredin, hayatınızdakilere değil."

MUTLU VE HUZURLU YAŞAMAK İÇİN

Mutlu ve huzurlu yaşamak istiyorsanız;

Hiç kimse için kendinizi küçük düşürmeyin. Ve hiç kimseye sizi defalarca üzecek kadar değer vermeyin. Hak edenler için sonuna kadar mücadele etmekten çekinmeyin. Ama hak etmeyenler için bir damla gözyaşınızı dahi heba etmeyin.

Herkese ve her şeye karşı güçlü olmaya çalışın. Olamıyorsanız da kimseye belli etmeyin. Çünkü size zarar vermek isteyenler en güçsüz anınızı bekleyeceklerdir. Kesinlikle onlara fırsat vermeyin... Etrafınızda sizi mutlu edebilecek insanlar varken gidip de imkânsızın peşine düşmeyin. Yanınızdaki insanların kıymetini bilin. Olmayacak şeylerin peşinden koşup onları da kaybetmeyin.

Ve siz siz olun; her zaman için Allah'a güvenin, Allah'tan hayırlısını isteyin. İyi şeyler için şükredin, olumsuz şeyler için sabredin. Ve her ne yaşarsanız yaşayın, dilinizden ve kalbinizden duaları eksik etmeyin.

Unutmayın; böyle yaşamaya devam ettiğiniz sürece, mutluluk ve huzur yanınızdan hiç ayrılmayacaktır.

AMA ALLAH UNUTMAYACAK!

Gün gelecek unutacaksın tüm öfkeni. Acılarından eser kalmayacak. Kırgınlıkların, hayal kırıklıkların, hepsi unutulup gidecek. Bugün seni paramparça eden şeyleri hatırlamayacaksın. Onun sana karşı duygusuzluğunu, senin ona uykusuzluğunu, hırslarını, sana yaptıklarını, her şeyi unutacaksın. Ama Allah unutmayacak!

Sen acıdan temizlendikçe, ona acı bir intikam hazırlanacak. Seni iyi ve dürüst bir insanla karşılaştıran, onu kötü ve çıkarcı bir insanla karşılaştıracak. Sen hayatını düzene koydukça, onun hayatı bozulmaya başlayacak. Sen ondan kurtulduğuna şükretmeye başlarken, o seni kaybetmenin pişmanlığını yaşayacak.

Gün gelecek Allah defterleri açacak. Sana yaşatılanları bir bir ona yaşattıracak. Sen mışıl mışıl uyurken o, uykusuzluğun nasıl bir şey olduğunu tadacak. Sen etrafına gülücükler saçarken o, mutsuzluğun ne demek olduğunu anlayacak. Sen sımsıkı bağlanmışken birine o, yarı yolda bırakılmanın ne olduğunu acı bir şekilde yaşayacak. Hiç üzülme. Gün gelecek Allah herkese hak ettiğini verecek. Sen mutluluğa kavuşurken o, sana yaptıklarının bedelini çok ağır bir şekilde ödeyecek. Yeter ki sen o gün gelene dek sabret.

KENDİME NOT

Temiz bir kalbin var.

İyi ve dürüst bir insansın ama çok çabuk inanıyorsun, insanları hiç sorgulamıyorsun. Karşına çıkan herkesi dürüst ve temiz zannedip bilmeden onların çıkar ve menfaatlerine hizmet ediyorsun. Onlara iyilik yaptığını sanıyorsun ama seni kullanmalarına göz yumuyorsun. Bu huyundan vazgeç!

Sevdiğin insanların sevgini kullanmalarına izin veriyorsun. Bir kalbe bağlanıyorsun ve o kalp seni mutlu etmese dahi ısrarla o kalbi içinde tutmaya devam ediyorsun. İnsanlar kırılmasın, mutsuz olmasın diye hatalarını görmezden gelip onları çabucak affedebiliyorsun. Ama aynı insanlar seni üzüp kırdıklarında, sana zarar verdiklerinde sesini dahi çıkarmıyorsun.

Artık sessiz kalma!

Fazla vicdanlısın. Bu sana çok kaybettiriyor. Karşındaki insan büyük bir hata yapmış olsa dahi, bir iki gözyaşına ya da birkaç pişmanlık lafına teslim oluyorsun; insanların, vicdanını sana karşı silah olarak kullanmalarına müsaade ediyorsun. Ve kendini haklıyken dahi haksız duruma düşürüyorsun, insanların canını yakmamak için her şeyi yapıyorsun. Ama bazı insanlar canı yanmadan akıllanmıyor, bunu unutuyorsun. Hak edenlere katı davranmayı öğren!

Seçimlerine dikkat et!

Daha mutlu ve huzurlu bir hayat için seçimlerine dikkat etmelisin. Herkes senin kadar iyi niyetli değil. Bu yüzden emin olamadığın ya da arada kaldığın şeyleri, kalbinle değil aklınla seçmelisin. Kötü insanları bir an önce elemeli ve güzel insanlarla yoluna devam etmelisin. Kalbindeki gül bahçesini daha da güzelleştirmek istiyorsan eğer, aralarda çıkan yabani otları temizlemelisin.

Ve sen sen ol; kolay ulaşılabilen bir insan olma. Kimseyi umursama ve kimsenin peşinden koşma.

Çünkü unutma ki insanlarla ilgilenmediğinde daha çok değer görüyorsun.

HAYAT SANA NE SUNDU Kİ KARŞILIĞINDA BENİ VERDİN?

Biz artık ikiye bölünmüş bir aşkın ayrı ayrı parçalarındayız. Dağılmışız, uzaklaşmışız, biz bakışlarımızı bile ayırmışız...

Ben kendi parçamda paramparça olmuşken, sen etrafa dağılan hayallerimde bile yoksun. Ne zaman toparlanıp yakınlaşmak istesem, sen daha da uzağa gidiyorsun. Artık kabullendim! Her ne kadar yeniden başlamak istesem de sen benim için en büyük sonsun...

Âşık ilgi isterdi. Çünkü aşk ilgilenmek demekti. Şimdi unutmak için gösterdiğimiz çabayı, keşke mutlu olmak için de gösterebilseydik. Hayırlısı olsun demek en kolayıydı. Keşke biz zoru başarabilseydik...

Evet, her aşk sonsuza dek sürmeyebilir. Herkes ayrılabilir, her ilişki bitebilir. Ama severken gitmek kolay değil ki. Yanında olup mutlu olmak varken, uzaktan uzağa "Neden?" diye düşünmek dokunuyor insana...

Seni kaybettiğimi biliyorum. Bu aşkın sona erdiğini ve bir daha asla gelmeyeceğini de biliyorum. Ama bir şeyi çok merak ediyorum. Bütün sorulara cevap buldum, seninle ilgili tek bir soruya cevap bulamıyorum. Ve sana soruyorum:

"Hayat sana ne sundu ki karşılığında beni verdin?"

KADERİN HEP SUSKUN KALACAK ZANNETME

Üzülme, hepsi geçecek.

Bütün dertlerine çizgi çekilecek. Tüm zorlukların tek tek silinecek. Senin için yepyeni bir hayat seçilecek. Ve sen tüm geçmişinden sıyrılmış bir şekilde, yeni hayatına merhaba diyeceksin... Her ne kadar yanmış olursan ol, küllerinden yeniden doğacaksın. Hayat senin için yeniden başlayacak. Yeni insanlar tanıyacak, yepyeni heyecanlar yaşayacaksın. Ve belki de yeniden âşık olacaksın.

Kendini boş yere üzme. Kaderin hep suskun kalacak zannetme. Elbet bir gün kaderin canlanacak, kalemini oynatacak, senin için tertemiz bir sayfa açılacak. Ve bir gün mutlaka sana dair yepyeni bir hikâye yazılacak.

İşte senin yapman gereken de o günler gelene kadar sabretmeye ve her şeyle mücadele etmeye devam etmektir. Çünkü sen ne kadar kararlı ve mücadeleci olursan hayat da sana bir o kadar kolaylık ve imkân sağlayacaktır.

Unutma; zoru olan her şeyin mutlaka kolay bir tarafı da vardır.

Yeter ki sen doğru açıdan bakmayı öğren.

MUTLU ETMEYİ İYİ BİLEN MUTSUZLAR

Mutlu etmeyi iyi bilen insanlar neden hep mutsuzlardır bilir misiniz? Çünkü içlerinde biriktirdikleri sevgi çok fazladır. Sevdiklerine aşırı kıymet verirler. Öyle ki eğer kalplerine bir terazi kurulabilse ve orada tuttukları insanlar bir kefeye konabilse, diğer kefeye konacak hiçbir şey daha ağır gelemezdi. Bu yüzden de sevdikleri kadar sevilmeleri pek mümkün değildir.

Değer verdikleri insanların mutlulukları için yapamayacakları hiçbir şey yoktur. Sevdikleri insanlara sürprizler yapmak, onlara moral vermek ve hayatlarını daha eğlenceli bir hâle getirmek yaşam tarzları hâline gelmiştir. O kadar mücadelecidirler ki tüm enerjilerini sevdikleri insanlar için harcarlar. Karşılarındaki insanlar belli bir süre sonra hazıra alışmaya başlarlar. Bir insanın üzülmesine asla dayanamazlar. Ya hemen gönlünü almaya çalışırlar ya da üzüntülerine çözüm bulabilmek için çaba harcarlar.

Ee tabii bu kadar çok sevmeyi ve mücadele etmeyi bilen bir insan doğal olarak karşısındaki insanlardan da aynı gayreti bekler. Ancak kendisi gibi sevginin ve mutluluğun kıymetini bilen bir insan bulması çok zordur. Karşılarındaki insanlar bu kadar çabanın sonucunda ya çok şımarmışlardır ya da içlerinde aynı karşılığı verebilecek bir çaba yoktur. Bu sebeple de mutlu etmeyi iyi bilen insanlar, genelde hep mutsuzdur.

"Keşke aşkta da adalet olsaydı. Herkes mutlu edebildiği kadar mutluluk yaşasaydı."

ALLAH ASLA ŞAŞMAZ

Seveceksin, güveneceksin, mutlu olmayı ve sevilmeyi hayal edeceksin. Aşkı, sevgiyi, o heyecanları iliklerine kadar yaşamak isteyeceksin.

Ancak o kadar kolay olmayacak. Her gelen sende bir yara açacak. Derdini kimseye anlatamayacaksın. Ve sen, sana ait olmayan o izler yüzünden dışlanacaksın. Herkes seni yaşadıklarınla yargılayacak. Ancak sana bunları yaşatanlara kimse karışmayacak. Seni itenler elini kolunu sallayarak gezerken, sen yeniden ayağa kalkmak ve yeniden hayata tutunmak istediğin için suçlu olacaksın.

Hâlbuki ne yaptın?

Güvendin, inandın, sevdin. Güzel ve temiz bir aşk yaşamak istedin. İnsanların gerçek yüzlerini göremedin. Ve bunların karşılığında da suçlu ilan edildin.

Olsun, kim sana ne yaparsa yapsın, sen yine de içini ferah tut. Allah var unutma! Seni bu hâle koyanlar da, bu hâlini yargılayanlar da, haklı olduğunu bilip seyirci kalanlar da, gün gelecek kendi gibi vicdansız insanlara hesap verecek. Elbet hatalarını anlayacaklar ama çoktan iş işten geçmiş olacak.

Üzülme can; senin olan hiçbir şey senden kaçmaz. Hiçbir dert dualarının boyunu aşmaz. İnsanlar şaşar, hayat şaşar, adalet şaşar ama Allah asla şaşmaz.

KALİTELİ YALNIZLIK

Kaliteli insanlar neden yalnızdırlar biliyor musunuz?

Çünkü onlar kolay kanmazlar, çabuk inanmazlar. Pahalı hediyeler ya da lüks yaşantılar onlara sökmez. Hava atan kibirlenen ya da maddi gücü ile her şeyi elde eden insanlara prim vermezler. Onları ancak kalbinizle ya da karakterinizle tavlayabilirsiniz. Bu da sabır, mücadele, uğraş, emek ve çaba gerektirir.

Kaliteli insanların prensipleri vardır. Mesela şımarık insanlara tahammül edemezler. Sahte ya da basit insanlara hayatlarında yer vermezler. Özgürlüğü severler ama sınırlarını da kendileri belirler. Ve kendileri gibi kaliteli olmayanları asla öteye geçirmezler.

Kaliteli insanları sevmek ve sahiplenebilmek zordur. Çünkü onlar bedenleri ile değil kalpleriyle, yaşantılarıyla değil hisleriyle sevilmek isterler. Aşkı, tanımı gibi yaşamak ve bazı şeyleri tadında bırakmak onlar için daima önceliktir. Hiç kimselere karşı çıkar ve menfaat beslemezler ve kendilerine karşı çıkar ve menfaat beslemeye çalışanları da sevmezler.

Ancak günümüzde birçok insan kolaya kaçtığı ve çıkarları için yaşamaya çalıştığı için kaliteli insanlar kendileri gibi düşünen, yaşayan, sevgiyi ve saygıyı ön planda tutan, nefsine hâkim, zoru seven ve zorunluluklarını bilen insanlarla karşılaşamıyorlar ve yalnızlığı seçiyorlar.

Kaliteli insanlar için yalnız kalmak dünyanın sonu değildir.

Çünkü onlar için kaliteli yalnızlık, kalitesiz aşklardan çok daha değerlidir.

YALNIZ VE YARALI

Aslında hayat dolu insanlardık biz... Neşemiz, umudumuz ve gülümsemelerimiz vardı. İyiliksever ve hatır sayardık. Karşılık beklemeden herkesin yardımına koşardık. İyi düşünür, iyi bakar ve iyi yaşardık.

Bir gün kalktık sevmek gibi bir hata yaptık ve karşımızdaki insanı kendimiz gibi sandık. Bir yabancıyı hak etmediği yerlere çıkardık. Değer verdik, güvendik, ne dediyse yaptık. Mutluluğu için sürekli çabaladık.

Hep sevgimizin ağırlığını taşımak zorunda kaldık. Gerçekleri görüp yükümüzü hafifletmek yerine, hep daha da büyük yüklerin altına daldık. Çünkü çok sevmiştik! Gülümsemeleri yükümüzü hafifletecek sandık. Ama ne yaparsak yapalım karşılığını bir türlü alamadık.

Mutlu olmak istedikçe üzüldük, yıprandık. Üzüldükçe hayattan uzaklaştık. Hayattan uzaklaştıkça yalnızlaştık. Ve gitgide içimize kapandık. Lakin bir gün akıllandık. Ama bu sefer de çok geç kaldık. Ve sonucunda, sürekli iyi davrandığımız için, her söylediklerine inandığımız için, önümüzdeki gerçeklere kör kaldığımız için, "yalnız ve yaralı" kaldık.

"İçim tıka basa izdiham, yüreğimden düşen düşene."

EDERİNİ DE DEĞERİNİ DE İNSAN KENDİ BELİRLER

Ben kimseyi öyle kolay kolay yargılamam. Önce tanırım, kim olduğuna bakarım. Benden ne istediğini anlamaya çalışırım. Ona belli etmeden birkaç teste tabii tutarım. Eğer iyi niyetliyse başımın üstünde taşırım. Ama kötü niyetliyse yerin dibine sokarım. Bugüne dek hiç kimseye ayrıcalık göstermemişimdir. Tabiatım böyle! Hak edenlere hakkını, hak etmeyenlere de ağızlarının payını her zaman vermişimdir. Bendeki yerini herkes kendi belirledi. Çünkü ben karşımdaki insanlara her zaman ayna oldum. Baktıklarında gördükleri aslında kendi karakterleriydi. Kimileri iyi niyetliydi, kalbimin başköşesine kadar ilerledi. Kimileri ise kapıdan içeri bile giremedi.

Velhasıl, bu hayatta görmek için yolunu gözlediklerim de oldu, görmemek için yolumu değiştirdiklerimde. Yanına gidebilmek için her şeyi göze aldıklarım da oldu, yanına gitmemek için bahane ürettiklerim de. Bir adım dahi atmayacağım insanlar da var bu hayatta, dünyanın öbür ucunda olsa bile gideceğim insanlar da var. Bir kez sarılabilmek için dünyaları verebileceğim insanlar da var, dünyaları verseler affetmeyeceğim insanlar da var.

Unutmayın, ederini de değerini de insanlar kendileri belirler.

SENİ SEVENİ SEV

İnsanlar seni hiç anlamaya çalışmazlar. Yaşadıklarının sadece anlattıklarından ibaret olduğunu zannederler. Anlatamadıklarını ya da suskun kaldıklarını hesap eden pek olmaz.

Aslında derdinin ne olduğu kimsenin umurunda da değildir. Anlattıklarını yarım kulak dinleyip çözüm üretmede hemen en kolaya kaçarlar. Mesela sen seviyorum dersin, onlar da seviyorsan mücadele etmelisin derler. Peki ya sevilmiyorsan? İşte bu ihtimalin de olduğunu birçoğu düşünmez bile. Kendince verdikleri geçici cevaplarla seni teselli ettiklerini zannederler. Ama yaşadıklarının ağırlığını hesap etmezler. İstediğin cevapları kimseden alamazsın. Tüm dertlerinde olduğu gibi bu çıkmazda da yalnız kalırsın...

Ama ben sana gerçekleri söyleyeyim; eğer seni sevmediğini düşündüğün birini seviyorsan, bir an önce ondan vazgeçmelisin. Çünkü bilmelisin ki iki kişilik bir gemiyi tek başına ilerletemezsin. Bu kadar ağırlığı tek başına yüklenemezsin. Yanında olmayanı yarınlarına götüremezsin. Birine kendini zorla sevdiremezsin. Ve seni sevmeyen birini daha fazla severek kendini ziyan edemezsin, Unutma, sen ne kadar cesur olursa ol, tek başına cesaret bir ilişkide mutlu olmak için yeterli değildir. Karşındaki korkaksa, maalesef ki senin cesaretinin de bir önemi kalmıyor.

Sen sen ol, seni seveni sev. En azından böylesi, üzülmeye de, mutlu olmaya da değerdir.

KİMSE İÇİN DEĞİŞME

Kendine güven. Hayatla mücadele etme kararlılığından asla vazgeçme. Kimsenin pusulasına ihtiyaç duyma. Kendi yolunu kendin belirle.

Cesur ol! Yalnız kalacağını zannederek, seni üzen ve yaralayan insanları hayatında tutmaya devam etme. Eğer yanındaki insan yürüdüğünüz yola layık değilse, onu müsait bir yerde bırak ve sana layık bir insan gelene kadar yalnız başına ilerle.

Kararlı ol! Senden yapamayacağın şeyler isteyen ve bunları yapamadığında da seni üzen insanlardan uzak dur. Asla kimse için değişme. Unutma ki seni sen olduğun için kabul etmeyen sana ait başka şeylerin peşinde demektir.

Akıllı ol! Mutluluğunu önemseyecek ve sana önemli olduğunu hissettirecek insanları asla kaybetme. Eğer bir insan sana gerçekten değer veriyorsa onu baş tacı edebilirsin. Ama çıkarları ve menfaatleri için yanındaysa yol ver gitsin.

Güçlü ol! Kimseden bir beklenti içinde olma. Kimsenin gölgesine sığınma. Kendi ayakların üzerinde yoluna devam et. Unutma; kendi işini kendin gördüğün sürece en güçlüsü sensin.

Seçici ol! Anlayışsız ve terbiyesiz insanları hayatına alma. Çünkü onlar sadece seni aşağılamayı bilirler, mutlu etmeyi değil. Bu sebeple sen sen ol, hayatını paylaşacağın insanı kendi kalitene göre belirle.

Ve sana son tavsiyem; sana çıkarları uğruna gelenler için emeğini, sana kıymet vermeyenler için sevgini ve sana sırtını dönenler için vaktini boşa heba etme. Unutma; heba israftır, israf günahtır.

HER ŞEYİM YOK OLSA DA UMUDUM VAR

Mutsuzum!

Çünkü ne zaman mutlu olmak istesem beni buna pişman ediyorlar. Mesela birini seveyim diyorum, menfaatçi çıkıyor. Birine güveneyim diyorum, sırtımdan vuruyor. Biriyle dertleşeyim diyorum, anlattıklarımı başkalarından duyuyorum. Yalnız kalayım diyorum, bu sefer de mutlu olamıyorum. Sanırım ben bu işin içinden çıkamıyorum. Söylesenize bana, siz nasıl mutlu oluyorsunuz?

Yalnızım!

Çünkü aşktan yana şanssızım. Ne zaman getirdikleri ile götürdüklerini tartsam zarardayım. Sanırım ben aşktan yana hiç kazanamayanlardanım. Kısmetsizlik mi denir, şanssızlık mı ya da kader mi bilemiyorum. Sevmekte iyiyimdir de, sevilmeyi bir türlü beceremiyorum.

Ama umutsuz değilim!

Hayatımdaki tüm olumsuzluklara rağmen bir gün iyi birinin geleceğine ve her şeyi düzeltebileceğine inanıyorum. Sabredenler mükâfatlarını alacaklar diyen Allah'ıma güveniyorum. İşte tam da bu yüzden yaşadığım her şeye sabırla dayanıyorum. Bugüne kadar hep ıskalamış olsam da, bir gün o turnayı gözünden vuracağıma inanıyorum.

"Bazı haklar helal edilmez.
Çünkü bazı insanlar
affedilmeye layık değildir."

KADINLAR ÇOK SEVİLMELİ

Neden kadınlar çok sevilmeli biliyor musun?

Çünkü bir kadın senin kadar özgür olamadığı bu dünyada hiçbir mesafeyi ve engeli düşünmeden sırf seni sevdiği için ailesine bir bahane üretip senin yanına gelebiliyor. Babası, abisi ya da herhangi bir akrabası tarafından görülebilme korkusu olduğu hâlde ellerinden tutup saatlerce yürüyebiliyor. Eve geç kalırsa bunun hesabını soracaklarını bildiği hâlde, sırf seninle biraz daha vakit geçirebilmek için bu riski göze alabiliyor. Aranızda geçen bir tartışma ya da tatsızlıktan sonra sen, moralinin bozuk olduğunu söyleyip yalnız kalmak istiyor ve odana geçebiliyorsun. Ama onun öyle bir şansı yok. Acısını ve ya üzüntüsünü dahi senin kadar özgür yaşayamıyor ki. Her şeye rağmen hiç kimseye hiçbir şey belli etmeden, hiçbir şey olmamış gibi hayatına devam etmek zorunda.

Sen hiç acılarını ve üzüntülerini kimseye belli etmeden yaşamaya çalıştın mı? Bunun ne kadar zor olduğunu bilemezsin.

Tüm bunlara rağmen seni sevmekten vazgeçmeyen bir kadın, çok sevilmeye layık değil midir?

Kadınlar çok sevilmeli!

Çünkü onların aldığı riskler, erkeklerin aldığı risklerden çok daha fazla. Mesela bir erkeğin ailesi ya da akrabaları onu kız arkadaşıyla samimi bir şekilde görseler, belki de sevinip mutlu olacaklardır. Ama bir kızın ailesi ya da akrabaları onu sevgilisiyle samimi bir şekilde görseler, verecekleri tepki çok daha farklı ve ağır olacaktır. Şimdi, bunun bilincinde olan ve yine de bunları göze alabilen bir kadın çok sevilmeye layık değil midir?

Kadınlar çok sevilmeli!

Çünkü mücadele güçleri erkeklerin mücadele gücünden çok daha fazla... Her şeye ve herkese zaman ayırmak zorundalar. Mesela; çalışıyorsa işe, okuyorsa okula gitmek zorunda. İşten ya da okuldan çıkınca eve gelip annesine yardım etmek zorunda. (Yemek, çamaşır, bulaşık, ütü, ev temizliği vs.) Sevgilisine, arkadaşlarına, ailesine ve sevdiklerine zaman ayırmak ve tabii ki kendi bakımını da ihmal etmemek zorunda... Şimdi, bir gün herkes için de 24 saat. Erkekler bunların yarısından daha azı için zaman ayırmak zorundayken, kadınlar bunların hepsine zaman ayırmak zorunda. Düşünsene; ailesiyle, sevdikleriyle, sevgilisiyle, zamanla, hayatla ve türlü dedikodularla mücadele ediyor ve hiç pes etmiyor.

Sevdiği için herkesle ve her şeyle mücadele etmeyi göze alan bir kadın, çok sevilmeye layık değil midir?

ÖZLEMEK AŞKIN NEFESİDİR

İnsan, özler sevdiğini. Yüreğine dolduğu kadar yanında da olsun ister. Gözleri gündüzleri camlarda, geceleri ise hep tavanlardadır. Bazen çaresizce, bazen heyecanla, bazen de sabırsızlıkla sevdiğini bekler. Özleyen kim olursa olsun, bütün herkes özlediği kişiye benzer. Bir kişi bütün dünya olur da, bütün dünya bir kişi olamaz. Özleyen, ne yaşarsa yaşasın, yaşadıkları özleminin yerini alamaz...

Zaman özleyenin çilesidir. Onsuz geçen her dakika için bir düğüm daha atılır kalbine. Zaman ilerledikçe düğümler çoğalır. Ve sonunda kendi iç dünyasında içinden çıkılmaz bir hâl almaya başlar. Aslında sevdiğine bir kez sarılabilse her şey çözülecektir. Ya da bir kez elini tutabilse her şey düzelecektir. Ama yoktur, uzaktadır. Hem de en yakınında olmasını istediği anda.

Özleyen insan; özledikçe garipleşir, duygusallaşır ve sessizleşir. Şarkılarla dertleşir, ağlaşır ve hayata karşı isteksizleşir. Yüreği bedenine ağır gelmeye başlar. Ruhu titreşir, yalnızlaşır ve gittikçe kimsesizleşir.

Kendinizi kimseye özletmeyin. Seviyorsanız yanına gidin, sevmiyorsanız da umut vermeyin. Unutmayın, özlemek aşkın nefesidir. Ya o aşka hayat verip nefessiz bırakmayın. Ya da sizi özleyebileceği kadar çok canlandırmayın.

“Hani gecenin şahidi olmaz derler ya, yalan! Siz onu bir de özleyenlere sorun.”

AKLINI DİNLE

Şştt!
Ne zaman açacaksın gözlerini?
Ne zaman uyanacaksın bu kör uykudan?
Yeterince sıkılmadın mı bu darlıktan?
Ne zaman çıkacaksın kabuğundan?
Hey, sana diyorum!
Haydi, artık toparlan...
Vakit, kendine gelme vakti.
Artık kendini düşünme vaktin geldi.
Seni ağlatanları yeterince gülümsettin.
Seni üzenleri yeterince mutlu ettin.
Seni umursamayanlara yeterince değer verdin...
Kendini daha fazla bekletme.
Artık sıra sende.
Kalbini dinledin de ne oldu?
Biraz aklını dinle...

BİRKAÇ DAKİKA

Sadece birkaç dakika insanın hayatını değiştirmek ve insana birçok şey kaybettirmek için yeterli bir süredir.

Mesela; birini görüyorsun. Gözlerin ona kilitleniyor. Birdenbire boğazından göğsüne bir sıcaklık iniyor. Kalbin kan yerine heyecan pompalamaya başlıyor. Hoşlanıyor, etkileniyorsun. Aklın başından gidiyor.

Göz göze geliyorsunuz. O sana baktığı birkaç saniye, içinde fırtınalar koparıyor. Yüreğini söküp yerinden çıkarıyor. Sana ait ne varsa silip süpürüyor. Sanki sen gidiyorsun, yerine bambaşka biri geliyor.

Uzun ve derin bir bakış atıyorsun. Gözlerinle resmini çekiyor ve hayallerindeki o resimsiz profile yerleştiriyorsun. Anlık bir mutluluk kaplıyor her yerini. Hayallerin bir film şeridi gibi gözlerinin önünden geçerken geleceğini içinde yaşamaya başlıyorsun.

O an için kim olduğu umurunda bile değil. Bakışları, gülümsemesi sanki kimliği oluveriyor. Öylece bakakalıyorsun. Ne kendini ondan alabiliyorsun ne de kendine hâkim olabiliyorsun. Aklın birkaç metre havalanıyor. Ve git gide sersemleşiyorsun.

İşte o birkaç dakika başka hiçbir şey düşünemiyorsun. Sonra aklın başına geliyor. Lakin aklın başına geldiğinde, kalbin çoktan gitmiş oluyor. Mecburen teslim oluyorsun. Ve sen daha başlamadan kaybediyorsun.

NE MUTLU SANA!

Canın mı yanıyor?

Acı mı çekiyorsun?

Öyleyse sen iyi bir insansın. Çünkü kötü insanlar acı çekmez, onların vicdanları yoktur. Zarar verdikleri insanlara ne olacağını umursamazlar. Acı dediğin şey sadece iyi insanlar içindir. Kötü insanlar acıdan anlamazlar.

Acıyı yaşamaktan korkma. Çünkü acı çekmek, iyi insanların iyi olmalarının bedelidir. Ve bu dünyada ödenir. Kötü insanların acı çekmemelerinin sebebi, ödeyecekleri bedellerin ahirete ertelenmesidir. Ve ahirette çok daha ağır bir biçimde hepsini mutlaka ödeyeceklerdir.

Üzülme!

Acı çekiyorsun diye iyi olmaktan vazgeçme. Sakın ola ki bunalıp, isyan edip, pes edeyim deme. Unutma ki senin çektiğin bu acılar;

Bu kadar kötü bir dünyada, bu kadar kötü insanların arasında hâlâ iyi kalabildiğinin kanıtıdır.

Ne mutlu sana!

YARALARIMI KENDİM SARIYORUM!

Anladım ki iyileşmeyecek bir yara yokmuş bu dünyada. Her gün daha iyi olabilirmiş insan isterse. Duygularını kontrol edebilir ve acılarını eğitebiliyormuşsun onlarla mücadele ettikçe.

Anladım ki yalnızlık öyle çok da kötü bir şey değilmiş. Kimseden bir beklentisi olmadan da yaşayabiliyormuş insan isterse. Kendi başına kararlar alabilir ve kendinle de mutlu olabilirmişsin gün geçtikçe. Anladım ki unutulmayacak bir şey yokmuş bu dünyada. En büyük aşkları dahi unutabiliyormuş insan isterse. Geçmişinden kendine ders çıkarıp, geleceğini planlayabiliyormuş tecrübelendikçe.

Ben artık hayal kurmuyorum, gerçeklerle yaşıyorum. Çok yaralandım ama gün geçtikçe daha iyi oluyorum. Takmıyorum, takılmıyorum. Yaralarımı artık kendim sarıyorum. Ve yaralarımı sardıkça, Yaradan'ıma sarılıyorum. Böyle daha huzurluyum.

"Mutluluk istemedikleri için değil, acıdan bıktıkları için yalnızdır bazı insanlar."

BİR GÜN ÇOK MUTLU OLACAKSIN

Bir gün çok mutlu olacaksın.

Peki, bunu nereden mi biliyorum?

Çünkü kötülüğün bu kadar kolay olduğu bu dünyada, zoru seçip iyi kalmayı başarabiliyorsun.

Yalanın ve sahteliğin bu kadar ucuz olduğu bu dünyada, pahalı bedeller ödemeyi göze alıp, doğruluktan ve dürüstlükten şaşmadan yaşamaya devam edebiliyorsun.

Sana yapılmış onca kötülüğe rağmen, hâlâ dimdik ayakta durabiliyorsun.

O kadar haksızlıklarla karşılaştığın hâlde, hâlâ Hakk'a olan inancını yitirmiyorsun.

İsyan edip ortalığı ayağa kaldırmak yerine, "İmtihandır." deyip, sabredebiliyorsun.

Hani gözyaşlarını tutmadan, iç çeke çeke her gece Allah'a dua ediyorsun ya, avuç içlerinde biriktirdiğin o kadar dua boşa mı gidecek sanıyorsun. Hiç tereddüdün olmasın!

Hepsinin karşılığını fazlasıyla alacaksın.

Yeter ki iyi olmaktan ve dua etmekten vazgeçme.

Bir gün sen de çok mutlu olacaksın.

YENİDEN BAŞLAMAKTAN MI KORKACAKSIN?

Yaşadıklarına şöyle bir bak.

Seni yıkmaya çalışan acılar, seni kandırmaya çalışan yalancılar, dost görünümlü ikiyüzlü sahtekârlar, duygularınla oynamak isteyen çıkarcılar. Ve tabii hepsi ile verdiğin amansız mücadele ve savaşlar.

Aslında ne kadar güçlü olduğunu göreceksin. Tüm bu savaşları kazanmışken ve her şeyin üstesinden gelmeyi başarmışken, şimdi bu kadar kolay vazgeçemezsin.

Sen ki kendine en yakın hissettiğin insanların tanınmaz bir hâle geldiklerini gördün. Onları yavaş yavaş kaybetmenin verdiği derin acılarla yüzleştin. Çok yoruldun, çok yara aldın ama pes edip teslim olmak yerine o hâlde bile hayatla savaşmaya çalıştın. Dünyayı üzerine devirdiler ama sen yıkılmak yerine ayakta kalmayı başardın.

Sen ki en güvendiğin insanların ihanetlerini yıllarca sırtında taşıdın. Acının, hayal kırıklığının en acımasız yüzleri ile tanıştın. Beterin beteri ile sarmaş dolaş yaşadın. Her şeyin üst üste geldiği zamanlar oldu. Ama sen hiçbir dert için bir adım dahi geri atmadın.

Sen ki feleğin çemberinden geçmiş insansın. Tüm bu acılara göğüs germeyi başarmışsın. Kaybetmekten, tükenmekten hatta ölmekten korkmadın da, yeniden başlamaktan mı korkacaksın?

"Korkma! Bismillah de çık yola. Kalbini Allah'a emanet et ve de ki; 'Allah'ım hayırlısına yakınlaştır, hayırsızından uzaklaştır.' "

Ey can!
Bin dermanın olsa,
binbir derdin var senin.
Her yanın mutluluk olsa,
yine de isyanın var senin.
Ey can!
Herkes önünde eğilse,
bitmeyecek kibrin var senin.
Mülke Süleyman seçilse,
doymayacak nefsin var senin.
Ey can!
Aşkı önüne serseler,
kör bir kalbin var senin.
Kalbine ölümsüzlük verseler,
yine de nankörlüğün var senin.
Ey can!
Nasıl yaşarsan yaşa,
zor bir hayatın var senin.
Ölsen mizanın kurulsa,
büyük bir sınavın var senin.

UMUDUNU KAYBETME

Umut nedir bilir misin?

Umut, güneşin batışını izlerken tekrar doğacağına inanmaktır. Zifirî karanlıkta yürürken, aydınlığa çıkacağından şüphe duymamaktır. Eğer sen de umuda inanırsan, bir gün güneş senin için doğup seni de aydınlatacaktır.

Umudunu kaybetme!

Unutma ki bu hayatta seni batıran ve dibe çeken insanlar varsa, tekrar doğmanı ve yükselmeni sağlayacak olan insanlar da var. Mutsuzluğunu umursamayan insanlar varsa, mutlu olman için elinden geleni yapacak olan insanlar da var. Ya da hayatına kıymet vermeyen insanlar varsa, sana hayatını adayabilecek insanlar da var.

Geçmişte ne kadar hata yapmış olursan ol ve bu hatalar seni ne kadar yaralamış olursa olsun, geleceğe umutla bakmaktan vazgeçme. Bil ki bugün, dünü unutamayanların umuduydu. Ve onlar bugüne kavuştu. Şimdi sıra sende, yarını umut olarak görmeyi dene. Çünkü mutlaka bu kara günler geçecek. Ve umut dolu yarınlar senin için mutlaka gelecek.

"En güzel yarınlar en acı tecrübeler ile gelir. Belki acı çekmek geçmişi değiştirmez. Ama geleceği değiştirebilir."

İNANDIĞIM DOĞRULARLA YAŞIYORUM

Suskun kaldığım için kaybettiğim olmuştur. Ya da kalitemden taviz vermediğim için de kaybettiklerim olmuştur. Ama ben en çok iyi niyetimden kaybettim. Dürüstlüğüm insanları kandırmamı, merhametim kötü davranmamı, vicdanım ise bir insanı yarı yolda bırakmamı hep engellemiştir. Şeytan ne kadar fırsat sunarsa sunsun, inancımın önüne geçememiştir. Yaşadıklarımı kabullenmeyip isyan etmek yerine, Allah'ın bir bildiği vardır deyip sabretmeyi seçmişimdir.

Kaybetme pahasına da olsa insanlara yağcılık ya da yalakalık yapmamışımdır. Hiç kimseyi kandırmamış, hiç kimsenin arkasından konuşmamış ve hiç kimseye çamur atmamışımdır. İnsanların işlerine geldikleri gibi değil, kendi inandığım doğrularla yaşamışımdır. Bu yüzden günahımı alan çoktur. Ama ben bir insanın ahını veya günahını almaktan her zaman korkmuşumdur. Şöyle kaybettiklerime bir bakıyorum da; yaptığım iyiliklerden kaybetmişim ama iyi niyetimi kaybetmemişim. Zamanımı kaybetmişim ama inancımı kaybetmemişim. Emeğimi kaybetmişim ama edebimi kaybetmemişim. Çıkarcı ve menfaatçi insanları kaybetmişim ama iyi ve temiz insanları kaybetmemişim çok şükür.

Ne kadar daha yaşarım bilmiyorum. Ama hayatımın geri kalanında da bunlar bende dursun. Gerisi sizin olsun önemli değil.

BİR SEN VAR Kİ...

Bir ben var ki;
Hayatın kıyısında,
Cehennemin kapısında,
Ateşin sarısında.
Ölümü bekliyor,
Ömrünün yarısında.
Bir sen var ki;
Sessiz çığlığımda,
Ecel gibi sağımda,
Bir bıçak gibi canımda,
Zehir gibi kanımda...
Bir sen var ki imkânsız,
Ne yanımda,
Ne de yarınımda.

"Ben sana verilmiş bir sözdüm.
Ama sen tutmayı başaramadın."

TERAZİMİ DEĞİŞTİRDİM

İnsanlarla hep iyi geçinmeye çalıştım. Bugüne kadar iyi kötü diye ayrım yapmadan herkese iyi ve güzel davrandım. Karşımdaki insan hak ediyor olsa dahi onu üzmekten, incitmekten kaçındım. Kimseye kızmadım, hakaret etmedim, kin tutmadım. İnsanlar bana kötü davransalar dahi ben hep suskun kaldım.

Evet, birçok hayal kırıklıklarım oldu. Defalarca kez kandırıldım, aldatıldım, fazlasıyla acı çektim. Hatta bana ait olmayan bedeller dahi ödedim. Ama baktım ki insanlar hiç doymuyorlar, hep fazlasını istiyorlar. Ne yaparsam yapayım memnun olmuyorlar. İşleri düştüğünde yanımdan ayrılmayanlar, benim işim düştüğünde kılını bile kıpırdatmıyorlar. İnsanları tanıdıkça kimseyi değiştiremeyeceğimi fark ettim. Hak etmeyen insanlar için zamanımı boşa harcadıkça iyi, güzel ve temiz insanları da kaybetmeye başladığımı fark ettim. Hayatımı düzene koyabilmek için terazimi değiştirmeye karar verdim.

Velhasıl bundan sonra bana acı yaşatanları, bu acılarıma seyirci kalanları ve acılarıma rağmen yanımda olanları asla unutmayacağım. Artık hiç kimse için iyi niyetimi boşa heba etmeyeceğim. Bundan sonra kim ne hak ediyorsa, ben de ona göre hareket edeceğim.

SEN HİÇ GİDEN BİRİNİN GELMEYİŞİNİ BEKLEDİN Mİ?

Sen hiç giden birinin gelmeyişini bekledin mi? Ben bekledim!

Nasıldır bilir misin?

Umudunu ayakta tutabilmek için sürekli kendini kandırırsın. Acıyan yerlerini kendi kendine teselli etmeye çalışırsın. Gerçekler o kadar ağır bir hâl alır ki mecburen yalanlara sarılırsın. İnsan söylediği yalanlara inanmak zorunda kalır mı? Yeter ki çok sev, inanıyorsun işte!

Her gelen mesaj, her telefon çalışı, her kapı açılışı hatta insanın her nefes alışı umudunu yerinden oynatır. Heyecanlanırsın! Öyle ki yüreğin gökyüzüne çıkar. "Acaba o mu?" dersin. Ancak ne mesajdaki ne telefondaki ne de kapıdaki odur. Ve hiçbir zaman da o olmayacaktır. Düşünsene, hayallerin başkaları tarafından defalarca kez kırılıyor ve sen sesini dahi çıkaramıyorsun.

Sen hiç giden birinin gelmeyişini bekledin mi? Ben bekledim!

Acına yetişemez oluyorsun. Zamanın seninle dalga geçtiğini düşünmeye başlıyorsun. Her geçen dakika bir bıçak gibi inancına saplanıyor.

Ve sen çaresizce umutlarının ölümünü izliyorsun.

Ancak daha da kötüsü, geçmeyeceğini bile bile "Geçecek." demeye devam ediyorsun. Tıpkı gelmeyeceğini bile bile "Gelecek." demeye devam ettiğin gibi.

MUTLU OLMAK MI İSTİYORSUN?

Her insan mutlu olmak ister. Bu yüzden insanlar hayatının büyük bir kısmını mutlu olmaya çalışarak harcarlar. Mutluluğa ulaşmanın en güzel yolu aşk olduğu için insanların büyük bir çoğunluğu mutluluğu aşkta ararlar.

Ancak her aşk mutluluk getirmez. Çünkü her insan aynı değildir. Bazı insanların hayattan beklentileri, yaşam tarzları ve mutluluk anlayışları size uygun olmayabilir. Eğer kalbinizi yaşantınıza ve beklentilerinize uygun bir insanla paylaşmazsanız, bu size mutluluk yerine üzüntü ve pişmanlık getirebilir.

Unutmayın, mutluluk şartları birbirine yakın insanlar için mümkündür. Ve ancak aynı yöne doğru giden insanlar tarafından yakalanılabilir. Birbirinden zıt ya da uzak karakterlerin mutluluğu yakalaması oldukça zordur. Beklentilerin yüksekliği de mutluluğu kısıtlayabilir. Bir de sizin mutluluktan ne istediğiniz kadar, mutluluğun sizden ne istediği de çok önemlidir.

Mesela karşındaki siyahsa, senin gökkuşağı olman bir işe yaramaz. Ya da karşındaki çakalsa, senin ceylan olman sana fayda sağlamaz. Ancak ve ancak karşındaki insanda kendini görebilirsen, senin kadar mutluluğa kıymet verdiğini hissedebilirsen mutluluğu yakalayabilirsin.

Bu yüzden sana tavsiyem; eğer mutlu olmak istiyorsan ya kendi rengini seçeceksin ya da kendi dengini.

"Mutlu ettiğin kadar mutlu olabiliyorsan, senden mutlusu yok demektir."

"SON"UÇ OLARAK

Mutlu olmak istedik.

Sevmek, sevilmek, özlemek, özlenmek, hayatımızı düzene koymak, duygularımızı paylaşmak... Kısacası aşkın içinde olan tüm güzel şeyleri yaşamak istedik. Aşk bizim için çok kutsaldı. Çünkü bizler aşka inanan insanlardık. Yokluğu bizim için büyük bir boşluktu. Ve biz ne yaparsak yapalım bu boşluğu başka bir şeyle dolduramıyorduk. Yalnızdık, eksiktik, tamamlanmak istedik.

Bir gün biri çıktı karşımıza. Yaşamak istediklerimizin onda olduğunu zannettik. Bir heyecanla sevdik. Her istediğimizi yapabileceğimizi, sevdiğimiz kadar sevileceğimizi, özleneceğimizi, değer göreceğimizi zannettik. Ama yanıldık, başaramadık, mutlu olamadık.

Çünkü en baştan başlamak yerine, hep "son"dan başladık. Biri girdi hayatımıza, bu "son" olacak dedik, "son"suz bir sevgi istedik. Zamanla hatalar başladığında, biz bu hataları görüp resti çekeceğimize, "son" bir şans daha verelim dedik. Ama yine olmadı. "Son"una kadar gitmek istediğimiz yolların yarısını dahi göremedik. Ve hep "son"uçlarına katlanmak zorunda kaldık. "Son"radan aklımız başımıza geldi gelmesine ama "son"unda üzülen hep biz olduk...

"Son"uç olarak, bir türlü aşkın kıymetini bilen insanlara denk gelemedik. Başkalarını mutlu ederken, kendimizi hep es geçtik. Ne yolumuzu ne de "son"umuzu hesap edebildik.

Kaybettik.

Bundan sonra beni kabul edecek kişi; yorgunluğumla ve kırgınlığımla kabul etmeli. Bana kaybettiklerimi geri verebilmeli! Mesela inancımı, mesela güvenimi...

YENİ BİR HAYAT MI, YOKSA YOK OLMAK MI?

Kendini yenile.

Üzülerek ya da ağlayarak daha ne kadar hayatına devam edeceksin? Daha ne kadar şu tertemiz yüreğine zarar vereceksin? Daha ne kadar gidenin ardından gelmeyişini bekleyeceksin?

Farkında değil misin? Zaman da tıpkı gözyaşların gibi akıp gidiyor. Ve sen hiçbir şey için her şeyini kaybediyorsun...

Unutma, bu hayatta her şey mümkün. Hayatına yeniden başlamak da mümkün, acılarınla beraber yok olmak da mümkün. Şimdi önünde iki seçenek var, ya oturup ağlamaya devam edeceksin ya da yeni bir başlangıç için mücadele edeceksin. Eğer oturup ağlamayı seçersen; hiçbir şeyi düzeltemeyecek, hiçbir şeyi değiştiremeyecek ve kendini yiyip bitireceksin. Ama mücadele etmeyi seçersen, her türlü zorluğa göğüs gerecek, tüm geçmişine çizgi çekecek ve yeni bir hayata "merhaba" diyeceksin. Karar senin.

"Sakın imkânsız deme, hayat yeniliklere gebe, kendini küçümseme, sen bunu başarabilecek güçtesin."

SEÇİM Mİ? KADER Mİ?

Bu hayatta sana bahşedilmiş her şey senin kaderindir. Kaderinde olduğu için senindir. Ancak bunlarla ilgili izlediğin yollar ve takındığın tavırlar ise senin seçimlerindir.

Mesela bir insanı sevmen senin kaderindir. Ama onu aldatman ya da kandırman senin seçimindir. Ölmek senin kaderindir. Ama ölene dek nerede ve nasıl yaşayacağın senin seçimlerindir. Unutma, kaderini seçimlerinle güzelleştirebilir ya da daha kötü olmasına sebep olabilirsin. Bu tamamen senin elindedir. Bu yüzden seçimlerine ve seçimlerinin sana getirdiklerine çok dikkat etmelisin.

Kaderini güzelleştirmek istiyor musun?

Öyleyse mücadeleci ol, düştüysen kalk, olmuyorsa tekrar dene. Kader deyip vazgeçme. Yoluna çıkan engellerin seni yıldırmasına izin verme. Yarısına kadar geldiğin yollardan "Kaderim değilmiş." deyip geri dönme. Biri için yanıyorsa yüreğin, ona ulaşmadan sönme. Seçimlerinle kaderini karıştırıp da boş yere hayata küsme.

Unutma; denemediklerin ve vazgeçtiklerin senin seçimlerindir.

Deneyip mücadele ettiklerin ise senin kaderindir.

"Kalbini temiz tut ki kaderin temizlensin. Kaderini sahiplen ki kaderin de seni sahiplensin."

TESELLİSİ OLMAYAN TEK ŞEY

Canın yandığında teselli edilebilirsin.
Terk edildiğinde teselli edilebilirsin.
Kaybettiğinde de teselli edilebilirsin.
İnsanoğlu için her şey teselliye açıktır bu dünyada.
Tek bir şey dışında!
Mesela gitti dersin, hayırlısı buymuş derler.
Yıktı dersin; sınavdır, elbet geçer derler.
Düştüm dersin, elinden tutan biri mutlaka olacaktır derler.
Öldüm dersin; Allah büyüktür, seni de iyi edecektir derler.
Ama kokusunu özledim dediğinde, işte orada susarlar.

Çünkü sevdiğinin kokusunu unutturacak bir nasihat yoktur. Ona verilebilecek hiçbir cevap ya da teselli tam karşılığı olmayacaktır. Kimden akıl istersen iste, karşında suskun kalacaktır...

Bu yüzden sen sen ol, gerçekten senin olduğuna emin olmadığın bir insanın kokusunu kalbine ezberletme. Yoksa asla unutamazsın.

"Sevdiğinin kokusunu içine çekersen, gittiğinde nefessiz kalırsın."

KAYBETTİN!

Kaybettin!

Çünkü belki düzelir umuduyla sürekli mücadele ettin onun için. O bana kıyamaz diye avuttun kendini geceler boyu. Hatasını anlayacağını zannedip sürekli tavizler verdin. İyi niyetlerini suistimal ettiği hâlde, iyi niyetli olmaya devam ettin.

Kaybettin!

Çünkü vazgeç artık diyenleri dinleyeceğine, sen yine onu savundun. Sana akıl vermek isteyenleri bilerek yabana attın. Her şey gün gibi ortadaydı ama sen onu kaybetmemek için tüm gerçeklere kör kaldın. Seni her kandırdığında ve ağlattığında bitirmek yerine, sen onu affetmek için bahaneler aradın.

Kaybettin!

Çünkü sana söylediği şeylerin yalan olduğunu bile bile onlara inanmayı seçtin. O senin için hiçbir şey yapmazken, sen onun için her şeyden vazgeçtin. Üzüntülerini ve mutsuzluklarını umursamadığı hâlde, onu mutlu etmeye devam ederek haddinden fazla yücelttin. Arkasına bile bakmadan gittiği hâlde, onu beklemeye devam ettin.

Kaybettin!

Çünkü haddinden fazla sevdin,

Fazla mücadele ettin.

Ve fazlasıyla iyi niyetliydin...

BAHANELER, HATALAR VE YALANLAR

İkimizin de bahaneleri vardı, ikimiz de hatalar yaptık, ikimiz de yalanlar söyledik. Ve sonucunu ikimiz de hak ettik. İkimiz de suçluyduk. Ama arada bir fark vardı. Benim yaptıklarım senin yaptıklarından biraz farklıydı!

İkimiz de hatalıydık; ben, senin beni sevmediğini bildiğim hâlde seni sevmeye devam ettim. Sen, seni bu kadar çok seven birini sevebilmek için hiç çaba göstermedin. Ben, olmayacağını bile bile mücadele etmekten hiç vazgeçmedim. Sen, olacağını bile bile hiçbir şey ile mücadele edemedin.

İkimizin de bahaneleri vardı; benim bahanelerim sana gelebilmek içindi. Senin bahanelerin ise gidebilmek için. Ben daha çok yanında kalabilmek için bahaneler ürettim. Sen ise yanımdan uzaklaşabilmek için.

İkimizin de yalanları vardı; ben, daha çok sevebilmek için yalanlar söyledim. Sen, seviyor gözükmek için. Ben, seni kaybetmemek için yalanlar söyledim. Sen ise beni kaybetmek için.

Ve ikimiz de suçluyuz, doğru!

Sen beni kandırdığın için suçlusun. Ben de sana inandığım için...

Not: Eğer bir ilişkide yalanlar gerçeklerden fazlaysa ve bahaneler mücadeleleri geçmişse, o ilişki çoktan bitmiştir.

Bu yollardan geçmiş biri
olarak
sana şunu söyleyebilirim:
"Sakın düşme!"
Çünkü düştüğünde,
bir daha kalkmak
istemeyeceksin.

NASİHATLER

Ne yaşarsan yaşa, yaşamak istemediklerini başkalarına yaşatma.

Nereye gidersen git, yüzüne kapanan kapıları başkalarının yüzüne kapatma.

Sonucu her ne olursa olsun, sakın dürüstlükten şaşma.

Ne alırsan al, sakın birinin ahını alma.

Ne olursan ol, sakın birinin ihaneti olma.

Neye geç kalırsan kal, sevmeye sakın geç kalma...

Ve unutma, dünyada şu üç şey çok değerlidir; "duygular, zaman ve sen"... Sen sen ol, bu üç şeyi hak etmeyenler için asla harcama.

Çünkü bilmelisin ki kaybettiğinde bir daha hiçbirini geri alamıyorsun.

SABRET!

Sana yapılan haksızlıkların hesabının sorulacağı günler yakın, sabret!

Seni haksız yere ağlatanların ağlayacakları günler yakın, sabret!

Seni yarı yolda bırakanların ayaklarına kapanacakları günler yakın, sabret!

Sana çamur atmaya çalışanların çamura saplanacakları günler yakın, sabret!

Senden sebeplenmeye çalışanların bedel ödeyecekleri günler yakın, sabret!

Arkandan kuyu kazanların arkalarındaki kuyulara düşecekleri günler yakın, sabret!

Seni kandırmaya çalışanların gerçeklerle yüzleşecekleri günler yakın, sabret!

Sana iftira atanların rezil bir hayat yaşayacakları günler yakın, sabret!

Sen Allah'a sığın ve Allah'a güven. Çünkü Allah her zaman seninle...

Unutma; bugün gözyaşlarını umursamayanı, yarın Allah tebessümlerine muhtaç edecektir, sabret!

"Sabret! Çünkü zor günlerin sabrı, güzel günlerin anahtarıdır."

SUÇ BENİM!

Evet suçluyum!

Sana o kadar çok değer verdim ve o kadar iyi ve ilgili davrandım ki senin gözünde benim isteklerimin ve ihtiyaçlarımın hiçbir önemi kalmadı. Her şey senin isteklerin üzerinden ilerlemeye başladı. Sen bende değerlendikçe, ben sende değersizleşmeye başladım. Ne yaparsan yap seni affedebilecek kadar çok sevdiğimi biliyordun. Ve sen bunun sana verdiği rahatlıkla bana gitgide kötü davranmaya başladın.

Asıl problemlerden bir tanesi de, ben çok vicdanlı ve iyi niyetliydim. Çok incindim ama incitemedim. Kalbim paramparça oldu ama tek bir kötü söz söylemedim. Ağladım ama yine de güldürmekten vazgeçmedim.

Bazı günler sana darıldım ama yeri geldi bütün kırgınlıklarımı unutup yine sana sarıldım. Sana ihtiyacım olduğunda yanımda olmasan da, ben her ihtiyacın olduğunda senin yanındaydım.

Biliyorum ki suç benim! Seni fazlasıyla şımarttım. Eğer ben bu kadar vicdanlı olmasaydım, sen bu kadar vicdansız olamazdın.

DAMLA DAMLA UNUTMAK

Bir insan seni önemsiyor, senin için her şeyi yapabiliyor ve seni kusursuz seviyorsa asla ona hata yapma. Kırarsın, üzersin sonra özlemeye bile cesaret edemezsin. Kalbimi kırmak sana ne kazandırıyor bilmem ama yüreğimde neler kaybettiğini görmeni isterdim. O kadar vurdumduymaz ve kibirliydin ki açtığın yaraların içinden sızdığını ve benden damla damla döküldüğünü fark edemedin. Her yanımda olmadığın anımda ve her umursamaz tavrında benden yavaş yavaş eksildin. Ve sonunda özleyeceğin bir kalbi seni özlemeyeceği bir hâle getirdin.

Hiç kimse durup dururken unutulmaz. Eğer sevgime ve mücadelelerime karşılık verebilseydin, sana olan bağlılığımı kullanmak yerine sen de bağlanmayı deneseydin, belki de bir ömür sevilebilirdin. Ama sen, sevgimin arkasına yaslanarak hiçbir şey yapmadan bir ömür orada durabileceğini zannettin. Hata ettin!

Evet, sevdim. Kalbim seninle doluydu. Ama yaptıkların ve davranışların kalbimi deldi ve şimdi sızıntı var kalbimde... İşte bu yüzden; kalbimden kanıma karışıyorsun, kanımdan tenime, tenimden terime, terimden de yeryüzüne akıyorsun. İşte ben seni böyle damla damla unutuyorum.

"Eğer bir insan unutmaya karar vermişse; ya sevgisine karşılık görememiştir ya da sevgisinin kullanıldığını fark etmiştir."

YOKSA ÜZÜLEN YİNE SİZ OLURSUNUZ

İnsanlar sizi kandırabilmek için her türlü kılığa girebilirler.

Size iyi ve masum görünebilmek için çok iyi oyun oynayabilirler. Kendi istek ve menfaatleri için her şeyi yapabilirler.

Eğer gerçek kişiliklerini zamanında göremezseniz, sizi fena hâlde yıpratabilirler.

Çok dikkatli olun! Size her gülümseyene fırsat vermeyin. Size her yaklaşanı kendiniz gibi temiz zannetmeyin. Size açılan her kapıdan içeri girmeyin. Ve daha sonra üzülmemek için insanlarla aranızdaki mesafelere çok dikkat edin... Mutluluğunuzu biraz kolaylaştırın. İmkânsızın peşinde koşmayın. Sevgisinden şüphe ettiğiniz insanlar yerine, sizi sevdiğine emin olduğunuz insanları sevin. Olmayacak şeylerin de peşine düşmeyin.

Unutmayın; aşk çok büyük bir yüktür. Bu yükü bir kalbin tek başına taşıması mümkün değildir. Size tavsiyem; ya bu yükü eşit paylaşabileceğiniz bir kalp bulun ya da bu yükün altına hiç girmeyin.

Yoksa üzülen yine siz olursunuz.

Biliyor muydun?

Sevmek helaldir,
sevilmek vebaldir...

Özlemek mübahtır,
özletmek günahtır...

Sadakat ödüldür,
ihanet ölümdür...

UMUTSUZ OLMA

Eğer bir gün yorulduğunu hissedersen, eğer başaramayacağın hissine kapılırsan, eğer yolun sonuna geldiğini düşünmeye başlarsan, işte o zaman Allah'ı daha çok an. Çünkü Allah kimseye taşıyamayacağı kadar ağır yük yüklemez. Bil ki sen yolun sonu dediğinde, Allah yeni bir başlangıca hoş geldin diyecektir. Elbet bir gün kaderin sana sevdirilecektir. Yeter ki sen karamsarlıktan kurtul, inanarak ve sabırla yoluna devam et.

Aynı anda tüm canlılara rızkını verme kudretinin sahibi olan Allah, elbette senin dertlerine de derman olabilecek kudrete sahiptir unutma. İçinde seni tüketen, çürüten veya yok etmeye çalışan karamsarlıklara sakın kanma. Allah'a güven, dualarına sarıl ve asla kendini yalnız sanma. Üzgün ol, yorgun ol, mutsuz ol, kırgın ol hatta ne olursan ol ama sakın umutsuz olma.

"Umutsuz olma! Hayat sadece kötülerden ibaret değil.

Sabırlı ol! Hayalini kurduğun şeyleri bir gün mutlaka yaşayacaksın."

KIYMETSİZ DEĞİLSİN!

Hayat bu bilinmez...

Bazen karşına yanlış insanlar çıkabilir. Bazen değer görmediğin kalplere girebilirsin. Hatta bazen sen de yanlış yapabilirsin. Ama bunların hiçbiri senin kötü ya da değersiz olduğun anlamına gelmez.

Üzülme! Sen kıymetsiz değilsin. Sadece kıymet bilmeyen birine denk gelmişsin. Sakın hayattan vazgeçme, umutsuzluğa kapılma, elbet bir gün kıymet bilen birine de denk geleceksin...

Bu dünyada seni hayattan soğutanlar varsa, tekrar hayata bağlayacak olanlar da var. Sana sırtını dönenler varsa, saç telini dahi sahiplenecek olanlar da var. Bil ki hayat bir sınavdan ibarettir. Hak etmeyen biri için yüzünü düşüren, elbet hak eden biri ile de yüzünü güldürecektir.

Ve şunu da unutma; seni üzenlerin de üzüleceği günler gelecek. Elbet onlar da hak ettikleri muameleleri görecek. Sen gönlünü ferah tut. Aşkta adalet yoksa da, Arş'ta adalet mutlaka var...

"Allah'a güven! Seninle oynayanları Allah'a havale et. Kaybettiklerini bir gün mutlaka geri alacaksın."

HEPSİ GEÇECEK!

Geçecek. Seni kandırmıyorum ya da seni avutmaya çalışmıyorum. Gerçekten hepsi geçecek. Nereden biliyorum, biliyor musun?

Geçecek! Çünkü yalnız değilsin. Sen ne kadar göremiyor olsan da hayat seninle, zaman seninle, inanç seninle, Allah seninle... Sana lazım olan ne varsa aslında hepsi seninle. Şu an her ne kadar üzülüyor, yaşadıklarını kabullenemiyor ve çırpındıkça battığını düşünüyor olsan da bir gün "hayat" tekrar elinden tutacak. Yaşadıklarının ağırlığına dayanamayıp, pes edip, vazgeçip, en dibe kadar batsan dahi "inancın" seni tekrar yukarı çıkaracak. "Zaman" sana herkesi ve her şeyi unutturacak. Ve "Allah" seni, tertemiz ve güzel bir hayata tekrar başlatacak.

İnanmaktan vazgeçme, düzeleceksin. Nasıl yandıysa için öyle söndüreceksin. Nasıl düştüysen öyle kalkmayı öğreneceksin. Nasıl sevdiysen bir insanı, sen de öyle sevileceksin. Boş yere karamsar olma, daha çok mutlu günler göreceksin.

"Umutsuz olma!

Öldükten sonra bile seni yeniden diriltecek olan Allah, bu dünyada solup gitmene izin verir mi sanıyorsun?"

VİCDAN RAHATLIĞI

Bazı insanların kolay kolay yıkılmamalarının sebebi, güçlü olmaları değil vicdanlarının rahat olmasıdır. Çünkü onlar geri dönüp baktıklarında "Yine olsa yine aynısını yaparım." diyecekleri şeyler yaşamışlardır. Hayatları boyunca yaptıkları hiçbir şeyden pişmanlık duymamışlardır.

Her ne yapmışlarsa inanarak ve iyi olacağını ümit ederek yapmışlardır. Kendileri ne kadar üzülmüş olursa olsun, bilerek ya da isteyerek kimsenin üzülmesine sebep olmamışlardır.

Bazı insanlar kaybetseler de üzülmezler. Çünkü onların vicdanları rahattır. Her zaman her şeye karşı doğruluktan yana olmuşlardır. Her olaya ve her duruma karşı adaletle yaklaşmışlardır. Kaybetme pahasına da olsa doğruluktan şaşmamışlardır. Sonucu ne olursa olsun kimseye boyun eğmemişler, kimseye minnet etmemişlerdir. Ve mükâfatını da sadece Allah'tan beklemişlerdir.

Unutma; akıllı olanı yenebilirsin, haklı olanı yenebilirsin, güçlü olanı yenebilirsin ama vicdanı rahat olanı asla yenemezsin. Çünkü bir insanın vicdanı rahatsa kaybettiklerine pek takılmaz. Ve bir insan kaybettiklerini önemsemiyorsa, o insan kaybetmiş sayılmaz...

"Vicdan, insanın yaptıklarıyla yapacakları arasındaki sırat köprüsüdür. Bu dünyada bu köprüden geçemeyenin ahirette işi çok zordur."

KİMSEYE GÜVENMİYORUM

Kimseye güvenmiyorum çünkü gelecek ile ilgili hayaller kurduğum insanların hiçbiri şu an yanımda değil. Bir zamanlar bana kucak açmış insanların daha ilk fırsatta sırtlarını dönüp gidişlerini izledim. Mutluluğu için mücadele ettiğim insanların mutluluğa doydukları an değiştiklerini ve şımarmaya başladıklarını fark ettim. Yaptığım onca iyiliğin, yardımın ve güzelliklerin nankör insanlar tarafından tek tek heba edilişlerine şahit oldum.

Kimseye güvenmiyorum çünkü "Sen benim her şeyimsin." diyenlerin hiçbir şeyleri olmadığımı fark ettim. "Seni ölene dek seveceğim." diyenler şu an başkalarıyla mutlu. "Seni hiç bırakmayacağım." diyenlerden eser kalmadı. "Sensiz nefes alamam." diyenler de gayet sağlıklı.

Velhasıl, yaralarını iyileştirdiğim insanların yaralarıyla yaşıyorum. Kime gül uzattıysam, dikenini ben yiyorum. Ne zaman birine inansam, güvensem sonunda üzülen hep ben oluyorum. İşte tam da bu yüzden, artık hiç kimseye güvenmiyorum.

"İllaki birine güvenmek istiyorsan, kendine güven. Çünkü seni senin kadar iyi tanıyan birini daha bulamazsın..."

NANKÖR İNSAN ASLA DEĞİŞMEZ

Herkesi olduğu gibi kabul edin. Ama herkesle yüz göz olmayın. Kime nasıl davranmanız gerektiğini çok iyi ayarlayın. Hak etmeyen insanlara aşırı yüz verip de onları şımartmayın. Unutmayın ki haddinden fazla ilgi gösterdiğiniz her insan, bir gün size karşı haddini aşmaya başlayacaktır. Basit insanları gözünüzde büyütmeyin. Ucuz insanlara inanıp, sonunda ağır bedeller ödemeyin. Kişiliksiz insanları sevip de kendinizi ziyan etmeyin. Sevecekseniz öyle bir insanı sevin ki çektiğiniz acılara da, akıttığınız gözyaşlarına da değsin.

İnsanları çok kolay yargılamayın ve kendinizi de öyle her önünüze gelene yargılatmayın. Tanımak ve hayatınıza almak istediğiniz insanların önce karakterlerine bakın. Makamı, mevkisi ve şartları ne kadar iyi olursa olsun, karaktersiz insanları hayatınıza almayın.

Bir insan huysuzsa idare edin, cahilse akıl verin, sinirliyse sabredin. Ama nankörse yol verin gitsin. Çünkü huysuz bir insan düzelebilir, cahil insan akıllanabilir, sinirli insan sakinleşebilir. Ama nankör insan asla değişmez.

"İstediğini elde ettiği an sana sırtını dönen insan, nankör insandır. Sen sen ol asla böyle insanların peşinden gitme. Çünkü ne yaparsan yap, eğer nankörse o insanı değiştiremezsin."

İÇİM ÖLDÜ!

İçim öldü.

Bu ne demek bilir misin? İçim öldü, öldü! İçim öldüğü hâlde sen hâlâ nasıl orada yaşayabiliyorsun? Ben hayattan bu kadar kopmuşken, sen hâlâ nasıl içimde tutunabiliyorsun? Bu kadar acının, nefretin arasında bu özlemin nasıl sağ kalabildiğini anlamak zor. Meğer ne derin sevmişim seni.

Gidişini kabullenebilirim, hatta sevmeyişini de. Ancak söylediğin yalanları, oynadığın oyunları ve bunların hiçbirini umursamıyor olmanı kabullenemiyorum. Kollarını mutluluğa açmış bir insanı acılarla sarmaş dolaş bırakıp gitmek, o insanın iyi niyetlerini kullanmak ve onu kendi sevgisiyle yaralamak adamlığa sığar mı? Canını verebilecek kadar çok sevdiğin bir insanın senin için kılını dahi kıpırdatmamasının ne kadar acı verdiğini sen nereden bileceksin ki? Zaten şimdi anlamanı beklemiyorum. Elbet bir gün sen de bunları yaşadığında anlayacaksın ne demek istediğimi...

Benim için özeldin. Ben seni sevgimle yücelttim. Ama sen benim mutlu olma isteğimi kullanabilecek kadar alçalmayı seçtin. Ben seni kendimden bile çok sevdim. Ama sen beni kendi kendime düşman edip gittin. Hâlâ seni seviyor olduğum için kendimden nefret ediyorum.

Üzülmemek elde mi? Ben senin etrafında dönerken, sen çıkarların etrafında dönmüşsün. Ben sende hayat bulmaya gelmiştim, meğer sen beni hep öldürmüşsün. Her şey koca bir yalandan ibaretmiş, bazı şeyleri çok geç görmüşüm.

Gidebilirdin! Planlar yapıp, yalanlar söyleyip seviyor gözükmeye çalışacağına, şerefli olup sevmediğini söyleyip çekip gidebilirdin. İşte o zaman ben de bir ömür saygı ve hürmetle hatırlanabilirdin. Ama sen şerefinle hatırlanmak yerine, şereften yoksun bir şekilde benimle oynamayı seçtin. Kapkara planlarınla rengârenk bir dünyayı yaşanmaz bir hâle getirdin.

Değer miydi be! Gönül eğlendirmek için bir gönlü öldürmeye değer miydi? Ben böyle ölmeyi hak ettim mi? Yüreğim sana fazlasıyla kırgın, hayattan beklentilerim ölmek üzere. İçim yıkık, dökük, harabe. Bil ki bu kıyamet senin eserindir...

Bir gün pişmanlık duyup affedilmek için sakın bana gelme. Çünkü artık seni affetmek; yağmura yağma, güneşe doğma demek kadar anlamsız. Ve sakın bana düzeleceğine dair yeni bir söz verme. Çünkü artık sana güvenmek; gözyaşına akma, cehenneme yakma demek kadar imkânsız.

Seni unutmalıyım. Seni unutmamış olsam da unutmuş gibi davranmalıyım. Yüreğimde bir yerlerde hâlâ seni özlüyor olsam da, bunu nefretimin arkasında tutmalıyım. Bu yalanı "Seviyorum." diyerek sen başlattın. Şimdi ben "Sevmiyorum." diyerek devam ettirmek zorundayım.

SENİ ÜZENLER ÜZÜLMEDEN ÖLMEYECEKLER

Üzülme! Seni üzenler üzülmeden ölmeyecekler. Şu an istedikleri kadar mutlu yaşasınlar, istediklerine sahip olsunlar, istediklerini yapsınlar, nasıl yaşarlarsa yaşasınlar, bir gün mutlaka hesabını verecekler. Sanma ki bir insanın canını yakıp, ona boş yere umut verip, hayatlarına istedikleri gibi devam edecekler. Onlarda vicdan ve merhamet yoksa da, Allah'ta adalet var. Ve bir gün bu adaletle mutlaka yüzleşecekler.

Sabret! Sakın isyan etme. Allah sevdiği kullarını sıkıntılarla dener, zorluklarla dener, yokluklarla dener, ayrılıklarla ve acılarla dener. Ama bil ki hepsi bir gün mutlaka geçer. Sabreden fazlasıyla alır, sabredemeyen kendini ziyan eder.

Sana kim nasıl davranırsa davransın, sen asla iyi olmaktan vazgeçme. Seni ağlatsalar da, kandırsalar da, iyi niyetlerinden taviz verme. Şeytana uyup da iyiliklerin karşılıklarını göremediğini düşünüp isyan etme. Unutma, iyilik o kadar güzel bir şeydir ki karşılığı bu dünyada ödenemez. İşte bu sebeple, Allah iyi kullarına karşılık olarak cenneti yaratmıştır.

"Üzülme! Gün gelecek, Allah sana kötülük yapanları, sana muhtaç bir hâle getirecek. Sabret."

ZAFERİNİ KUTLA!

Çocukken annem "Yemeğini yarım bırakma arkandan ağlar." derdi de inanmazdım. Büyüdüm, seni tanıdım, âşık oldum, yarım bırakılınca anladım.

Seni gerçekten sevdim. Ama "Seni neden bu kadar çok sevdim?" Sorusuna asla cevap bulamayacağım. Belki saftım, belki bir boşluktaydım, belki de mutluluğa açtım bilemiyorum. Ama cevabını çok iyi bildiğim bir şey var. O da senin bu sevgiyi kullanıp beni defalarca kez kandırmış olduğun gerçeğidir. Belki de sana güvenerek ve hak etmediğin kadar çok severek yanlış yapmış olabilirim. Ama kabul et, sen de az karaktersiz değilsin.

Aslında giderken tek bir doğru şey söyledin. "Kendine iyi bak." dedin. Çünkü çok iyi biliyordun. Sen üzülmeye değmezdin. Gerçekten insan bir gün değmediğini anlıyor, lakin geç kalıyor. Düşünüyorum da sen yeter ki mutlu ol diye kendimi ne kadar da çok mutsuz etmişim.

Meğer ne kadar aptalmışım. Sen üzüldükçe ben sevmişim, ben sevdikçe sen üzmeye devam etmişsin. Sen aldattıkça ben affetmişim, ben affettikçe sen öldürmeye devam etmişsin. Sen yalan söyledikçe ben inanmışım, ben inandıkça sen kullanmaya devam etmişsin. Çok sevmişim, acemice hareket etmişim, gerçekleri görememişim.

Ama sen sanıyorsun ki herkes benim gibi sevecek, herkes benim kadar mücadele edecek ya da herkes benim kadar üzülecek. Ve sen de herkesi böyle kullanacak ve böyle rahat kandırabileceksin, öyle mi?

Ben intikam nedir bilmem. Zaten kendime de yakıştıramam. Kötü bir insan yüzünden, ben de kötülüğe bulaşamam. Bu yüzden seni Allah'a havale ediyorum. Senin yüzünden çok gözyaşı döktüm.

Ve bu gözyaşlarının seni iki dünyada da rahat bırakmayacağını biliyorum.

Sen şimdi kazanmanın keyfini çıkar. Kendini vazgeçilmez zannet. Kibirlen, böbürlen, zaferini kutla! Ama unutma Allah büyüktür. Galip olabilirsin ama galip ölemeyeceksin. Bil ki hayat bir zincirlemeden ibarettir. Elbet bir gün gelecek, sen de uyutulduğun yerde uyanamayacak ve unutulduğun yerde unutamayacaksın.

"Şimdi nasıl tanımlamalı seni? Şöyle mi demeli:

Geçmişimin hırsızı, geleceğimin katili!"